UNA VIDA CUALQUIERA

A. L. Pérez Hart

Una vida cualquiera

Zemí Book (Singles)
San Juan - Santo Domingo - New York

Próximamente en la colección *Singles*:

horror-REAL, por Alexandra Pagán

Información sobre pedidos. Descuentos especiales disponibles en compras de gran cantidad por corporaciones, asociaciones y otros. Para obtener más información, comuníquese con los editores en **ventas@zemibook.com**.

ventas@zemibook.com
www.zemibook.com

Título: *Una vida cualquiera*
1ra edición © 2019 A. L. Pérez Hart

ISBN: 978-9945-9168-8-1
Impreso en Estados Unidos y República Dominicana
Diseño de cubierta: Critical Hit Studios

A mis dos Anas; a una por darme la vida y a la otra por enseñarme la magia del Caribe a través de las letras.

A mi único John, por creer en mí.

Índice

La noche que Barbie
le arrancó la cabeza a Ken

El sol me estaba quemando la cara con furia, con una devoción maligna o como si yo le debiera algo. Me empezaba a doler la cabeza y honestamente ya me estaba hartando de la tarea mecánica de tender la ropa en los cordeles desteñidos y oxidados, los palitos de colores se me rompían en la cara con un crujido alarmante, una explosión de plástico tostado que interrumpía la tranquilidad de la tendedera. Mami me miraba y de vez en cuando se reía de mi cara de pocos amigos, a este ritmo ya para cuando terminara de lavar iba a tener las arrugas en la frente más profundas que una zanja, de eso estaba segura. Como es tradición de los sábados de limpieza, en la radio sonaban canciones corta venas de Amanda Miguel, Rocío Dúrcal y Francisco Céspedes, mami cantaba con la pasión de una mujer engañada, golpeada, sufrida y recién divorciada. Me parecía tierno su gesto, pero había días en los que me daba pena, porque en el fondo, en el silencio y en esos días en que la soledad se empeñaba en reírse de ella, la encontraba mirando a la calle por una de las ventanas de la casa, esperando algo... O alguien, mejor dicho. Ella recogió sus cosas y las mías un día de marzo y nos fuimos, así por así, dejando sobre la mesita de la sala los papeles firmados, con dos o tres manchas de lágrimas arrugando algunas letras del documento de divorcio. No lloré ni pregunté a dónde íbamos, porque yo también quería ser libre. ¿Quién no? Imagínate vivir con uno de esos seres humanos que todo le molesta, el sonido de una risa, el correteo en el patio, el volumen de la televisión, que la comida está salada o desabrida. Para ese tipo de gente nada es suficiente, mami y yo éramos las estúpidas, las idiotas, las que no éramos más torpes porque no éramos más chiquitas (de estatura). Había noches en las que yo soñaba con matarlo, mami también lo deseaba, me lo dijo una vez, llorando como la mismita María Magdalena en el cuartito azul donde se planchaban las camisas.

—Lo quiero matar, Alejandra, lo quiero matar—me

dijo acariciándome el rostro con sus manos tibias, alisándome los chifles de pelo de la coronilla.

En mi inocencia le sonreí, mirando su ojo morado, labio partido y cuello aruñado, le besé los buches y después salí corriendo a jugar con mis muñecas, esa noche Barbie mató a Ken, le arrancó la cabeza y escondió el cuerpo bajo la cama.

Volviendo al presente, secándome el sudor de la frente, fui a pararme junto a ella, a exprimir ropas y tirarlas a la secadora.

—Mami, ¿tú alguna vez supiste qué pasó con papi?—pregunté mojándome los pies con el agua de Suavitel, moviendo los dedos como gusanitos. Sentí cuando fijó sus ojos café claro en mi perfil y seguí jugando con el agua.

—Se lo llevó el diablo—contestó con tal seriedad que me dio risa—. No te rías, que es verdad, el día que menos se lo esperaba, cuando encontró la gloria en las carnes de una muchachita de Cabarete, se lo llevó Candelo.

—¿Cómo así, mami? ¿Literalmente se abrió la tierra y se lo tragó el Averno?

Ella soltó una carcajada y le dio la vuelta al

temporizador de la lavadora, se cruzó de brazos y me miró como el que no entiende cómo es posible que después de vivir tantas vainas malas aún me quede algo de niñez en el cuerpo.

—Está muriéndose al pasito, en una cama en la casa de su mamá en el mismo campo del que lo saqué, porque tú sabes que a ese hombrecito del demonio fui yo que lo saqué del lodazal y lo hice gente. Tiene cáncer en la próstata, mija, vaina del diablo. Esa es una enfermedad que le quita la hombría a cualquiera. Al gallo se le cayeron las plumas, se le acabó el dinero y volvió a ser lo que era.

—¿Qué, pobre mami?—pregunté cerrando mis ojos, disfrutando de la brisa cálida de verano.

—No mi amor... volvió a ser un mierda.

MAMA'S BOY

Yo sabía que Santa no soportaba a Yadhaira, mejor conocida como Yaya en el mundo de la putería y los clubes nocturnos. Toda una mami Mocana, con el mejor culo de todo el Bronx, bailaba en el gogó del italiano, con esa piel blanquita y esa cabellera negra, salvaje como una amazona. Fue la cura momentánea a mi mal de amores. Le pedí su número por escrito con un billete de cien dólares y la cabrona me devolvió un dólar con su pintalabios rojo marcado. Nos vimos unas cuantas veces en un McDonald's después del trabajo. Ella siempre pedía Nuggets de pollo y papas fritas, yo le miraba las tetas sin disimulo y ella ni siquiera se sonrojaba.

—Yo sé lo que quieren hombres como tú de mujeres como yo—me dijo un día de esos jugueteando con el calimete del refresco. Movía la lengua de forma seductora alrededor del tubito de plástico como si fuera una paleta de su sabor favorito o un ripio. Me tenía encantado.

—A ti deberían decirte La Bruja entonces.

—No hay que ser adivino para saber que te quieres comer este toto sólo para alardear con tus panas de que me tuviste en tu cama—se encogió de hombros como restándole importancia a mis intenciones—. Las tipas como yo no le caen bien a tu mami, a ti se te ve que vives con La Doña. Es más, te apuesto a que es de esas que va a la misa de los domingos. Y los martes y viernes trece se pone los pantis al revés y carga un bajo a agua Florida que ni tú la aguantas.

Tuve que sonreír ante su acierto, Yaya no es pendeja, más o menos diabla, ni buena ni mala. Es una mujer realista, parece de esas que han vivido demasiado en poco tiempo, tiene cuerpo de quinceañera y el alma de una veterana de cincuenta.

—Más claro ni el agua, bebé—le dije tomando una de sus manos adornada con un brazalete de plata y un reloj MK.

—Dile a tu mami que tu jeva es un cuero y te apuesto que no pasan cinco minutos para que se desmaye o finja un dolor que realmente no tiene.

Habían pasado dos meses de esa conversación, llevaba a Yaya a casa aun sabiendo que a mami le encojonaba que llevara una mujer de «esa categoría» a mi cuarto, me recordaba cada vez que tenía chance que las putas no aman a nadie. La miraba de arriba a abajo como con asco a pesar de que Yaya iba bien vestida.

—Tu mamá es viuda o divorciada?—me preguntó Yaya quitándose la ropa sin timidez alguna.

—Divorciada—contesté tragando en seco cuando ella se sentó a horcajadas sobre mí.

—Ah, entonces tu papá los dejó por otra tipa, los abandonó cuando tú apenas sabías caminar, cuando solo servías para cagar y comer. No eras lo suficientemente grande para defender su honra a coñazos, así que entiendo por qué La Doña no me soporta. Cree que todas, excepto ella, son perras o pura mierda—sentenció soltando una risita que me puso los pelos de punta. Era como si de verdad Yaya tuviera un tercer ojo en la frente: me contó mi vida sin conocerme, porque, ¿quién coño conoce a nadie en dos meses? Yo nunca le había contado mi background a ella.

—¿De casualidad tú te habrás juntado con alguna vecina de mami?—quise saber apretándole los muslos, que se le ponían rojo cereza de una vez bajo la presión de mis dedos.

—No, pero esa es la historia de casi todas las dominicanas pendejas—susurró mordiéndome el cuello. Yo solté un gemido y le halé el pelo.

—Tú como que sabes demasiado.

—Jorge, es que eres el clásico hombre dominicano—dijo con una carcajada.

—Well, you're right babe, I'm an open book to you, then.

—Yeah—murmuró mordiéndome los labios.

Nos besamos despacio, el calor de su cuerpo podría haber quemado hectáreas de cedro, acres de manzanos o un viñedo. Podría haberse quedado para siempre en estas cuatro paredes su aroma a vainilla del Splash Victoria's Secret, el eco de sus gemidos, su lengua hablando puro disparate o cosas serias, dándome el mejor orgasmo de mi vida...

Sabía que me estaba enamorando de ella. Sospechaba que ella también lo sabía por todas esas veces que me quedaba mirándola como si fuera la criatura más bella que jamás había visto. Yaya, mi Bruja con ese instinto e inteligencia casi dañina para su propio beneficio de un día para otro mientras veíamos Caso Cerrado enredados en el sofá de mi sala, aprovechando que mami andaba para el trabajo se sentó cruzando las piernas, en posición flor de loto, como le dicen a eso en clases de yoga. Me miró raro, como con pena y ternura, al mismo tiempo que el silencio zumbaba.

—Qué te pasa bebé?—pregunté con miedo. Sentía el mismo frío en el pecho de aquella vez en que terminó mi relación de dos años con Camila, la Argentina de ojazos verdes, pelo rubio ondulado y piernas de corredora, la autora del mal de amores que me unió a Yadhaira. La última que salió espantada por el criticismo de mami porque no sabía hacer pastelón de plátano maduro, ni sancocho y mucho menos sabía disfrutar del concón con habichuelas.

—Jorge—suspiró como él que está a punto de decir alguna vaina que va a alterar el cosmos de una vida tranquila—te digo esto como amiga, tienes que casarte con una jevita santiaguera, graduada con honores de la escuela de medicina así no tendrías que preocuparte por la hipocondríaca de tu mamá.

—Yadhaira qué te hace pensar a ti que quiero algo así?

—Jorge no me vengas con güebonadas, tú comprendes mejor que yo ese respeto que se tiene por la palabra de una madre, recuerda que no es lo que tú quieras, es lo que sea moralmente correcto. Los cueros no merecemos anillos de compromiso ni vestidos blancos. Nosotras somos amantes, la segunda opción, a good fuck, nothing else, así que no pienses en revelarte contra la mujer que te parió por mí, no vale la pena.

Los ojos me ardían y maldije a mami como quinientas veces, ella siempre gana. Yadhaira se puso de pie y me dejó ver por última vez sus nalgas cuando se agachó para recoger sus jeans del suelo.

—But what if I said I loved you, mi bruja? —pregunté sabiendo la respuesta.

—No va a ser suficiente—me dijo con una sonrisa que me partió el corazón—quizá en la otra vida cuando sea obediente, más sumisa o menos libre yo pueda ser tu novia, pero ahora no... Good luck, baby—se despidió dándome un beso casto en la frente. Sus ojos estaban llorosos igual que los míos. Salió del apartamento tal como entró, sin hacer ruido. No intenté detenerla, eran vainas del destino, así debía ser y me conformé con lo poco que me duró el paraíso. Pasaron minutos u horas, no sé, no sabía de mí hasta que mami volvió del trabajo y habló:

—Yo no lo puedo creer, no lo fucking puedo creer Jorge—gritó como una posesa—.Mírate pendejo, llorando, enamorado de un cuero. Yo te lo dije a ti que esa muchacha del diablo no era para ti.

Sus palabras me dolieron, esa crueldad tan típica de las mujeres religiosas no se le iba por más padre nuestro que rezara. Ya me tenía de los cojones, ella siempre ganaba por esta devoción de hijo único, mantenido y consentido, pero hoy no, quizá mañana o en una semana cuando se me pase el amargue o el encabronamiento la perdone, pero ahora mismo no.

—Santa Del Rosario—la llamé con solemnidad poniéndome de pie con una valentía que no sé de dónde me salió, mirándola a la cara—vete pal carajo, tú me tienes bien jarto.

Como era de esperarse de esa leona, no se quedó tranquila. Me dio tal galleta que sentí que se me ajustaron todos los tornillos que traía flojos en la cabeza.

—Mira buena mierda, ¿quién diablos es que tú te crees para hablarme así, eh? Ese tamaño que tú tienes te lo di yo, a mí me respetas o hago que me respetes, coño. Y mañana mismo te me vas a hacer la prueba del SIDA, del papiloma y la hepatitis, para no tener que arrancarte la maldita cabeza a pescozones. Y que sea la última vez que me traes a una mujercita de la calle aquí, esto no es una casesita.

Me reí y sé que mami pensó que me había vuelto loco, pero no. Fue que de repente, como un regalo del pasado, imaginé a Yadhaira en una esquina del sofá riéndose y diciéndome:

—Jorge, la palabra de una madre es sagrada o, mejor dicho, como hablan tus homies, tú eres un pussy de hombre.

Y tenía razón…

Cualquiera puede ser un mama's boy, pero cuando la mama del boy es dominicana, estamos hablando de ligas mayores.

EN UNA LEJANA GALAXIA
MUY CERCA DE USTED

Mi mejor amiga se llama Lisa Domenech, una blanquita que vive en una Torre de Piantini, tiene dieciséis años y el cuerpo de una de veinte. Lleva el pelo suelto la mayor parte del tiempo, una maraña entre lacia y rizada, con reflejos rubios; tiene las manos pequeñas y las uñas pintadas de rosado claro con una línea horizontal blanca, según ella esa vaina se llama French Nails y es más caro que ir a Burger King a comerme tres Whoppers y un apple pie. Tenemos la tradición de que los martes después de sus clases de ballet con Nurín, una milf de cuarenta a quien yo se lo metería sin pensarlo dos veces, nos juntamos en el Parque Mirador del Sur a filosofar sobre cualquier pendejada que se nos ocurra. Hoy decidimos jugar verdad o reto después de criticar a medio mundo y comernos un esquimalito de coco con batata cada uno.

—¿Tu sabías que esta vaina la hacen con agua de la llave?—le pregunté, esperando provocarle asco a la niña rica que todavía tenía la fundita vacía en una mano. Pero al contrario de lo que pensaba me miró como si yo fuera un estúpido y los esquimalitos contaminados fueran axioma del dominio público.

—Descubriste América con Colón adentro, Héctor—me dijo toda arrogante, echándose el pelo para atrás. Por ratos Lisa tiene el don de caerme mal, pero se me pasa cuando le miro el culo y las pecas de la cara.

—Okay, Enciclopedia del Ghetto Humana, ¿verdad o reto?

—Verdad—me contestó sentándose en la hierba con las piernas cruzadas. Cualquiera que la veía quería ser su amiga. La tipa cool de las camisetas de Iron Maiden, jeans rotos y unos Chuck Taylor's edición limitada.

—¿Es verdad que tú hiciste un chivo en el examen de biología con Miss Torres?

Quería quitarme esa espinita, no era posible que la niña le sacara una «A» a la maestra con la resaca del demonio que llevaba ese día al Loyola

High School. El día antes nos la habíamos pasado bebiendo Smirnoff de limón en la azotea de mi casa viendo a los tigueritos del barrio jugar San Andrés. Me miró aburrida, como diciendo, ¿en serio es la mejor pregunta que se te puede ocurrir? Obviamente no era lo mejor de mi repertorio, pero como el juego apenas empezaba quería llevarla suave.

—Responde o te toca reto.

—Héctor, a esa señora no le pasa nadie con buena nota a menos que lleves chivo, vaca, oveja o la granja entera, tú sabes que esa pobre mujer es una mal rapá.

Me reí a más no poder de su hablar llano. A veces pienso que ella nació en el lugar equivocado y así se lo hice saber.

—Pero ni los tígueres de Capotillo hablan tan dominicano como tú.

—Whatever—murmuró volteándome los ojos— te toca, ¿verdad o reto?

—Reto, careloca.

—Te reto a que me digas que te gusta de mí.

Lisa me tiró a la yugular y está buenísimo que me pase por yo estar privando en caballero. Me empezó

23

un sudor frío en la espalda, me troné los dedos y el cuello buscando bajarle algo a la tensión y le sonreí.

—No se vale decir mi culo, porque ya sé que te la pasas viéndolo cada vez que te doy la espalda—me dijo también con una sonrisa, dejándome ver sus brackets.

—Okay boquehierro, si quieres salsa, bailamos salsa.

Ella cree que soy pendejo, yo sé que también le gusto. Tengo cuadritos, tatuajes y barba, no como esos chamaquitos que la llevan disque de brunch pal' Golf Club en poloché con cuello rosado y mocasines de palomo; básicamente no soy otro popi en un coro, más bien un charlie que la llevaría a comer empanadas.

—Me gusta tu wave ghetto-rich bitch, y que contigo puedo hablar de cualquier cosa.

—¿Y ya?—gritó incrédula—¿Eso es todo?

—¿Qué más quieres que te diga? ¿Que me gusta fumar yerba contigo, que tienes los ojos más bonitos de la bolita del mundo y que te voy a quitar la virginidad en tu cumpleaños cuando seas mayor de edad y no porque yo quiera, sino porque tú misma me lo vas a pedir?

Se puso roja como un tómate y yo le di un cocotazo.

—¡Coño!—se quejó pasándose una mano por la cabeza, justo donde le dí.

—No te enamores de mí, Lisa, ese es tu reto—le dije dándole un beso en la sien. Su pelo hoy olía a lavanda y cigarrillo.

—¿Y quién te dijo a ti que tú me gustas?—me empujó y me pellizcó un brazo, de maldad arrancándome par de pelitos.

—Si me dejas ponerte estos dos dedos en los pantis—dije enséñandole el índice y el deo malo—sin siquiera haberte dao' un beso en la boca ya tienes un mojadero.

—Tú eres un puerco-falta-de-delicadeza grande.

Lisa ni lo negó ni lo aceptó. Nos quedamos callados un buen rato mirando al cielo que empezaba a desangrarse entre mamey, rojo, amarillo y ópalo hasta que la escuché sollozando.

—Héctor, ¿tú sabías que las estrellas fugaces sólo le cumplen deseos a la gente mala?—soltó de repente, frágil o sensible por algún cambio hormonal que el atardecer había desatado en su cuerpo.

—Lisa, eso que ves en el cielo por las noches no son estrellas fugaces—le susurré al oído apretándole una mano—. Es mierda de astronauta quemándose a la velocidad de la luz en la atmósfera.

—Entonces tú nunca serás mi novio—murmuró mirando nuestros dedos enlazados, limpiándose los mocos con la mano libre.

—No—le respondí con una sonrisa—. A una tipa como tú los papás no la dejan casarse con tipos como yo.

—¿Qué es eso de tipos como tú?

—No te hagas la loca, Lisa. Tú vives en Piantini y yo en Los Mina.

Galaxias lejanas y contrarias flotando en un pedazo seco del inmenso mar Caribe.

Divino corazón

Ya la tarde empezaba a caer, pero el calor insistía en mortificar nuestros pobres cuerpos, el cielo estaba limpio de nubes, un azul sin mancha alguna brillaba en su máxima potencia a la par que yo intentaba ajustar la frecuencia del radio con pilas que me había regalado uno de mis nietos. La bulla de los motores de los delivery del colmado de Papo me tiene jarto; esos muchachos se pasan el día para arriba y para abajo con las canillas quemadas por el mofle, calibrando. Apuesto a que un día de estos van a matar uno o van a terminar muertos, vueltos mierda en uno de los tantos postes de luz del barrio o puestos a volar como chichigüita por una patana.

Santiago José, el menor de mis tres hijos vino a sentarse conmigo, exhibiendo la barba y el pelo largo estilo Jesucristo. En la casa tenemos la manía de compararlo con el cuadro del divino corazón de Jesús que su mamá tiene colgado en el medio de la sala como de maldad para que lo vea todo el que entra, como un trofeo. Tiene los mismos ojos verdes de gato de mi difunta madre y la misma paciencia que yo; salió blanco a su mamá y alto a mí. Lo único que no entiendo es de donde sale esa delicadeza, esa finura al hablar que tiene, un muchacho criado en un maldito barrio malo. Pronuncia las S sin dificultad, pone las L y las R donde van, tiene voz de locutor, una maravilla. Es más inteligente que el diablo, todos los años le daban una medalla de estudiante meritorio en la escuela. Ha jugado básquetbol y baseball, casi lo firmaron, pero de buenas a primeras me dijo que jugar no era trabajo ni cosa seria. Quiere ser ingeniero telemático (no entiendo bien qué es, pero suena como que paga mucho dinero). Trae media barriada atrás de él, imagínense que aparte de Jesús niño me le dicen Rubirosa por lo buen mozo y lo buena gente que es. Me quedo viéndolo. Yo sé que me quiere decir algo, pero no encuentra cómo. Se rasca un brazo, se hizo un moño to' disparatoso y me sonríe, tímido. Para mí sigue siendo el mismo chamaquito de ocho años que se me sentaba en las piernas a leer la sección deportiva del periódico, el mismo fresquito que quería debatir de política con los adultos.

—Santiago, dime lo que me tengas que decir, yo no como gente mijo—le dije quitándome los espejuelos para limpiarlos con la camisa.

—Tranquilo Bobby, tranquilo—me contestó haciendo alusión a la famosa canción-protesta de Juan Luis Guerra, «El Niagara en Bicicleta»—vamos a esperar que mami llegue.

—Si tú quieres seguir mortificándote hasta que ella venga, por mí no hay problema.

Pasaron algunos minutos hasta que apareció la progenitora cargada de flores. Cuando el sol baje va para el cementerio a llevarle las flores a su hermana. Murió de un infarto, así de repente, un día de mayo cayó como un pajarito en el baño de su casa. Santiago le abrió el portal chirriante y los pedazos de pintura blanca y óxido que se le quedaron en los dedos se los limpió del pantalón.

—Ción mami—saludó besándole el cabello caliente a su madre.

—Dios te bendiga, mi niño—contestó María

Teresa—. Ponme esas flores en el jarrón y tráeme agua, por favor.

Santiago asintió y entró a la casa; yo la miré cansado de su teatro religioso. Porque no es que ella sea creyente, es que el miedo a morirse como su hermana la ha vuelto fanática, sin tiempo de arrepentirse. Yo ni sé cómo es que tenemos tantos años casados. Cada vez que sale y cada vez que llega hay que estar exigiendo y dando bendiciones. Ella tiene que tener a Dios jarto de tanto que lo menciona en un día.

—Y ¿por qué tú me miras así, Alfonso?—preguntó con ingenuidad—Digo, si se puede saber.

—Por nada, Maritere, solo que me di cuenta que tú eres la mujer más bonita de este pueblo—le mentí, porque en eso es que consiste un matrimonio, en decirle a la mujer lo que quiere escuchar para llevar la fiesta en paz.

—Qué raro que Santiago no se fue a la cancha hoy—meditó, obviando mi cumplido y sentándose a mi lado.

—No, lo que pasa es que nos quiere decir «algo»—contesté levantando las cejas haciendo énfasis en la sílaba «al» y extendiendo la «o». María Teresa me miró a los ojos espantada, como si hubiera llamado al diablo y lo estuviera viendo llegar por la acera del frente.

—Tu crees que sea… «eso»—sugirió apretándome el antebrazo.

—Puede ser...

Santiago José apareció de nuevo con un vaso en la mano, que le pasó a su mamá. Se sentó en el piso frente a nosotros, como el que está humillado ante dos titanes, y dejó salir un suspiro larguísimo, como el que está cansado de llevar un gran peso sobre los hombros. Su mamá me clavó las uñas en el brazo anticipando la confesión y yo le sonreí a mi muchacho, asegurándole que todo iba a estar bien, sea lo que sea. Yo conozco bien esa cara de miedo.

—Santiago—habló su mamá—¿qué te pasa?

Él no la miró, negó con la cabeza despacio y se llevó las manos a la boca, sus hombros se sacudían violentos y antes de escucharlo ya sabía que estaba llorando. Yo sé lo que quiere, pero no puede decir. Hace años ya que lo sé y su mamá también, así que levanté mis ojos al cielo y pedí premura para ayudarlo a salir del abismo emocional que se lo estaba tragando frente a nosotros.

—María Teresa, tu hijo es homosexual—declaré, así como si nada, como decir que el agua moja. Santiago José levantó la cabeza tan rápido que pensé que se le iba a despegar del cuerpo, sus ojos me miraban sorprendidos, como una lechuza ante la luz de una linterna. María Teresa, en cambio, estaba lívida.

—¿Tu siempre lo supiste?—me preguntó Santiago con la voz ronca.

—A ti desde chiquito se te vieron las plumas—le dije sin ninguna malicia.

Santiago no se creía lo que escuchaba y yo le sonreía, «tranquilo Bobby, tranquilo.» María Teresa empezó a llorar en silencio y yo quería zarandearla por los hombros. Esta mujer que se sabe por orden los diez mandamientos no era capaz de abrazar a su hijo.

—Mijo, excusa a tu mamá, no es como que ella no tuviera la sospecha, es que no acepta la realidad—le expliqué poniéndole una mano sobre el hombro.

—Mi hijo no es ningún maricón—murmuró María Teresa con rabia, cosa que sólo sirvió para que me hirviera la sangre. Santiago se le arrodilló pidiéndole perdón como si esa pendeja fuera perfecta.

—Perdóname, mami, no puedo cambiarlo. Lo he intentado, pero no puedo—hipó abrazado a sus piernas. Yo no aguantaba ver como su propia madre lo destrozaba con su indiferencia y le dije dos o tres verdades de esta isla que son necesarias para sobrevivir.

—Santiago, óyeme bien; ser homosexual en este país no es ilegal todavía, lo malo es que es pecado y hace rato que tú te sabes los pecados capitales, veniales y mortales con todas sus consecuencias porque tu linda madre te los enseñó. Lo otro es que una condena moral es peor que estar preso en el quince de Azua con lo que le encanta a este barrio el chisme, así que al primero que te venga con vainas le tumbas dos dientes de una trompada y después hablamos. Y ahora—dije haciendo una pausa—te me paras del piso y vete para tu cuarto, que tu mamá y yo tenemos cosas que hablar.

Santiago asintió y se puso de pie, limpiándose la nariz como un niño recién regañado. Nos dejó solos a su madre y a mí y yo casi le levanté la mano por primera vez en mi vida a esa bendita mujer.

—Y tú—le susurré a María Teresa apuntándola con un dedo—mejor ve jíncandote para que puedas dormir contigo esta noche, date golpes de pecho y pídele a tu dios que te perdone, porque yo no. Métete en la cabeza que es peor tener un hijo tecato, asesino o violador que tener un hijo pájaro.

Ella me miró desafiante, como invitándome a ponerle un sólo dedo encima y sentenció:

—Ese muchacho se va a ir para el infierno.

—¡Amén, coño!—dije exasperado encogiéndome de hombros—. Déjalo ser feliz por ahora, que ya él va a tener la eternidad para sufrir en la otra vida, fin del tema. Ahora vete a colar café y manda a comprar galletas a la panadería que ya son las cinco y quiero leer el periódico tranquilo. Y si quieres el divorcio, avísame, que te lo firmo hoy mismo.

María Teresa se persignó mirando la imagen del divino corazón, y era como si se persignara mirando a su propio hijo.

COBARDE

Mi hermano está muerto... Frente a mí, pero no lo creo. No se sabe quién lo mató, la policía cree que fue suicidio por motivos pasionales. Yo pienso que fue papá o mami... quizá fui yo. Era un muchacho trabajador, de una sonrisa amable y dientes torcidos. No tenía vicios. Lo único malo es que tenía un corazón demasiado grande, un palomo, como le dice uno a la gente buena. Hoy cumplía veintidós años, fui el primero en cantarle cumpleaños feliz a la misma doce de la madrugada. ¿Quién iba a pensar que ocho horas después lo íbamos a encontrar muerto? Para mí nada de esto tiene sentido, verlo ahí tirado con una sábana enredada en el cuello, la cara morada, los ojos entreabiertos como el que está luchando por mantenerse despierto, pero vencido a la postre por el sueño. Hace demasiado calor, hay demasiada gente curiosa entrando y saliendo de la casa. La vecina ya tiene puesto el café y mami me está sacando de quicio con el griterío y los golpes de pecho. El cielo no se decide si va a dejar que caiga el agua de las nubes que se han estacionado sobre la loma, me duele la cabeza y quiero llorar, pero no puedo. Tengo rabia con Camilo, con el mundo, con Melissa, su novia, conmigo mismo porque no hay crueldad en su muerte, hay tristeza. Yo sí sé quién fue que lo mató ya. Fuimos nosotros, todos. Fue la pobreza, la deuda con el Alemán del hotel, el olvido de mami, ella misma que lo parió no recordaba su cumpleaños cada año. La dureza de papi, un combatiente antitrujillista que si te acercaba las manos era para darte un cocotazo, jalarte una oreja o darte correazos, nunca esos brazos prietos se han abierto para dar o recibir un abrazo. Fue Melissa, con sus exigencias, con sus celos y amenazas. Fui yo, cuando no lo escuché, cuando me creí sus sonrisas de mentira, cuando me creí muy chiquito para ayudar. Él era mi hermano mayor, el fuerte, el más inteligente de la casa, el que sabía multiplicar y dividir sin calculadora, el que pagaba la luz y traía pan. El que me traía regalos del hotel: pelotas de playa, chancletas que me quedaban grandes, cremas que olían a avena y miel. El que se fajó a las trompadas por mí en la escuela cuando el gordo de la clase me quitaba la merienda. Me enseñó a jugar vitilla y a amarrarme los cordones. Me prometió llevarme al Estadio Cibao a ver un juego entre Águilas y Licey, me dijo que seré grande, el próximo Alou o Manny Ramírez. Me llevó al acuario y le compró un comedor nuevo a mami con su primer sueldo. A papi le regaló un reloj de los buenos, de oro, que todavía usa. ¿Pero a él qué le dimos nosotros? Esa es la pregunta que me hago ahora, cuando veo que le cubren la cara con un trapo blanco. ¿Qué coño te dimos, Camilo? Una vida de miseria... pero tú, tú nos diste todo. Tú fuiste el hombre de esta casa, la admiración del barrio, el sueño de hijo de toda buena madre. El mejor hermano del planeta... Tú eres el inocente y nosotros somos los culpables, pero para el mundo no fuiste nadie, otro más que se mata, un cobarde...

ESTA MUJER QUE ME DISTE

No hay vaina más dolorosa para un tíguere que mirarse al espejo y admitir que es un palomo, un maldito palomo, un mamagüebo, estúpido y pendejo... Dicen que el dinero es el origen de todos los males, pero no estoy totalmente de acuerdo. Un buen culo si es la perdición de todo hombre, se los digo por experiencia propia. Yo tenía una novia chulisíma, le decían la Kim Kardashian dominicana, ya con eso les digo todo. Buenas tetas, buena nalga, una boca carnosa hecha especialmente para mamar como nadie, un pelo larguísimo y negro, como un azabache, y unas piernas que no tenían nada que envidiarles a las atletas de los Juegos Olímpicos. Ya teníamos unos meses dándole vuelta a dejar de usar preservativos, por tener un año de amores. Mi cumpleaños se acercaba y el único regalo que quería era singar sin ese maldito plástico en el medio; no pedía mucho, confianza nada más. Pamela me dijo que sí, que ya era hora de majar como Dios manda y pactamos con pinky promise y toda la cosa que en mi cumpleaños número veinticinco «haríamos el amor» (una cursilería de ella, porque en buen dominicano nadie hace el amor, todo el mundo rapa, singa, echa un polvo, da estilla, golpe de barriga, coge y folla). Me reí de su romanticismo y, obnubilado, imaginándome la sensación de su centro caliente y aterciopelado, se me olvidó la regla número uno de todo tíguere: nunca rapes sin condón a menos que se hayan hecho pruebas de ETS o ella sea ex monja… y cuidao. El día treinta de octubre fue que me jodí la vida, en el apartamento trescientos sesenta de Pinebrook, después del mejor polvo de mi existencia. En ese entonces no entendí por qué Pamela lloraba como si recién la hubiera desvirgado. Decidí asumir que eran vainas hormonales y la dejé tranquila en su lado de la cama; yo no soy del tipo que se queda despierto mucho rato después de un orgasmo, así que me abandoné tranquilo a los brazos de Morfeo y tuve un sueño raro: una mujer negra y flaca sin un solo pelo en la cabeza con unos ojos azules oriundos de gringolandia me mostraba en su mano derecha una baraja en la que veía un bufón y en la mano izquierda reconocí la muerte de las cartas del tarot. Cuando desperté aún no había amanecido, pero tenía que volver para mi casa a menos que quisiera matar a mami de un infarto. Antes de irme le di un beso a Pamela en la frente y en ese instante mientras ella dormía desnuda, creí que era la mujer perfecta, la mujer con la que iba a casarme y tener dos muchachos. Su culo era mágico o ella me había dado agua de panti en el café, porque de repente estaba enamorado y no sentí miedo. La llamaba todos los días para hacerle preguntas que antes me parecían mierderías típicas de las abuelas, tías y madres: ¿ya desayunaste? ¿Ya comiste? ¿Quieres que te lleve algún antojo del Market? ¿Cómo durmió esa reina bella? (Todo un palomo ya), ella me contestaba como al que le pesa la lengua, pero por mi bien me hacía creer a mí mismo que ella estaba ocupada, cansada o distraída. Me aparecía en su apartamento con flores y peluches, era un tíguere con correa ahora, ya no salía tanto con los panas y por eso se burlaban de mí, de mi nuevo estado de gobernao, hasta que pasaron los meses y un viernes después de salir del trabajo, Manny, mi primo, hermano de otra madre, me dijo que estaba más flaco y debíamos volver pal gym a comernos los hierros. Era verdad, había rebajado algunas diez libras en los últimos meses, estaba teniendo problemas estomacales, náuseas, vómito, falta de apetito, algo raro en mí que normalmente soy un perro comiendo. Le eché la culpa a una ameba y me metí un desparasitante hasta que un día llamaron a Mami a la casa, del trabajo, me había desmayado y tenía una fiebre del diablo que no cedía con nada. Me internaron y Pamela vino a verme para soltarme un bombazo más duro que el de Hiroshima y Nagasaki.

—Júnior, me tengo que devolver para Santo Domingo. A mami le hizo metástasis el cáncer, lo tiene en el cerebro y en el estómago, los médicos no creen que llegue al mes que viene.

Le dije que entendía y que lo lamentaba. Ella se fue sin aclarar si habíamos terminado o no. Me quedé mirando el techo blanco de la habitación del hospital y se me salió una lágrima, como un pendejo. Manny entró y vino a sentarse al borde de la cama.

—¿Terminaron?—me preguntó.

—Yo no sé qué fue eso ni dónde estamos, yo lo único que sé es que vuelve pa' la isla.

Manny me miró con pena, él había ido conmigo antes de esa mariconada del desmayo a ayudarme a elegir un anillo para Pamela.

—Si pretenden tener amores de lejos desde ahora te aviso que les deseo mucha felicidad a los cuatro.

—Mira mamagüebo, mejor cállate—le dije sintiendo la garganta seca y los párpados pesados—y dile a mami que entre.

Manny se echó a reír por mi contradicción, lo mandaba a callarse y a hablar con mami al mismo tiempo. Warevel...

Pasé una semana enterita en el hospital, me sacaron tanta sangre que pensé que me iba a morir, pero de anemia. Me mandaron para la casa con una licencia médica y el anillo todavía en el bolsillo del pantalón. Manny venía todos los días a la casa con comida china a enseñarme fotos de mujeres encueras que le mandaban por WhatsApp. Reconocí a la santica del curso que estudió con nosotros en el colegio, a la colombiana que trabaja en el

Aeropuerto Internacional de Ontario y a la hija de una amiga de mami que es de Constanza.

—¿Y Pamela, no te ha llamado?

—No, pero yo entiendo. Esa vaina de su mamá es grave.

—Loco, búscate un culo nuevo, porque esa jeva para acá no vuelve por ahora.

—Tu eres un hijo de puta grande—le dije poniéndome la mano en la cabeza, tenía una migraña que me nacía en los cojones y me llegaba a la sien.

El teléfono sonó y Manny contestó. Era del hospital avisando que debía ir a recoger el resultado de los análisis. Por alguna razón cuando entramos al consultorio del Doctor Bencosme, un cubano como de sesenta años, volví a recordar el sueño de la negra calva y las cartas. Miré a Manny y él también me miró tenso como sintiendo mi mala espina. Miré las letras del papel, los rangos comparativos y sentí un frío cabrón en todo el cuerpo, pensé que me habían sacado el alma por los ojos.

—Con lo avanzada que está la medicina, usted puede tener una vida absolutamente normal, solo debe llevar su tratamiento combinado con una dieta balanceada y una rutina de ejercicios.

—Esa maldita perra, hija de su maldita madre, mamagrano, mal parida—lo dije tan rápido que Manny pensó que estaba rezando hasta que le pasé el resultado: VIH-POSITIVO.

—Mierda, bro—murmuró pasándose las manos por la cabeza, nervioso. Salimos del hospital y nos quedamos como dos mojones parados en el parqueo sin saber qué hacer o qué decir. Pensé en mami y sólo ahí me permití llorar.

—Tía te va a seguir queriendo igual—me dijo como si me leyera los pensamientos.

—No es eso Manuel, es que la quiero matar.

Manny me miró y por primera vez en todo el rato vi miedo en su cara, no sé si por mi gesto o porque realmente se dio cuenta que no era mentira, que si tuviera a Pamela ahora mismo en el frente la volvería mierda a trompadas.

Cuando llegamos a la casa de nuevo, me tiré en el sofá y mami salió de la cocina con las manos mojadas de haber estado fregando los trastes, se sentó y me puso la cabeza en sus piernas. Empezó a jugar con mi cabello y ahí supe que ella ya sabía, instinto de madre o brujería tal vez, no me dijo nada, pero me cayeron dos lágrimas en la cara, una en la nariz y otra en la frente.

—Yo siempre te voy a querer mi niño—me dijo con una sonrisa que haría llorar al más insensible.

Al otro día me enteré por Manny que su mamá le había dicho que una vecina amiga de la mamá de Pamela le dijo que ya la señora tenía un año, casi dos de muerta. La maldita perra me engañó y me enfermó el día de mi cumpleaños, que tuvo la fatalidad de coincidir con el día de la muerte de su mamá. Ahora entendía por qué lloraba ese día, no era por mí, era por ella, era por su mamá que la había criado sola, que fue padre, hermana y amiga también, que se sacrificó para darle siempre lo mejor. Lloraba de rabia, por haberse quedado sola en este mundo, por haber sido usada por algún mariconazo enfermo en el que ella confió tanto como yo en ella. Al final yo solo fui el objeto de su venganza y la víctima de mi propia ignorancia.

A mí sólo me queda una cosa y no es suicidarme, es reírme, porque uno nunca es lo suficientemente

tíguere para bregar con una mujer herida, mani-
puladora y hermosa. Lo que sea que nos den nos
lo comemos, como los perros.

La sangre

El gallo cantó a la misma hora de todos los días y seguía haciendo el mismo calor de verano, aunque ya hacía días que se había declarado el otoño en la isla. Los mosquitos se esmeraron en picarle los tobillos y los brazos mientras su mujer, Amparo, parecía intocable en su lado de la cama, con el pelo regado por toda la almohada y un brazo protector cruzándole por encima del pecho como la que tiene miedo de que algo o alguien fuera a arrebatarle el alma de su marido. Es una manía que tarde o temprano coge cualquiera que sea mujer de un policía dominicano y más de uno que tiene como mínimo siete enemigos conocidos en el barrio y cientos de enemigos desconocidos a lo largo y lo ancho de toda la provincia. Jairo José Guerra Polanco, conocido como «El Cirujano» en el bajo mundo, no es el típico coge cuarto, macuteador, prepotente y gatillo alegre de las denuncias urbanas. Es un hombre metódico, callado y disciplinado. Si una vaina es blanca, es blanca, y si es negra, es negra, punto. Sabe que hoy va a ser uno de esos días malos, no puede pegar ojo. Su mirada va de los pechos hinchados de Amparo al techo, del techo a la puerta y de la puerta a las piernas morenas de uñas rojas de su mujer, suben hasta la curva de las nalgas y fija sus ojos verde monte en su boca entreabierta de la que se escapa un hilito de saliva. Sí, él lo sabe, por más que se bañe y se perfume, ella va a oler la sangre y la pólvora. Le va a romper el corazón, ella no lo va a perdonar, así que ha pasado las últimas dos horas desde que llegó a la casa viéndola ser ella por última vez, confiando y queriéndolo sinceramente por última vez. Se le aguaron los ojos, se le aceleró el corazón y sus dedos temblaron acariciándole una ceja. Ya el mal estaba hecho. Cualquiera que lo viera así de vulnerable se sorprendería al notar que el hombre tiene alma y que es tan humano como cualquier otro a pesar de que muchos quieran decir lo contrario por su precisión y frialdad a la hora de ejecutar una orden. Amparo despertó con una sonrisa en sus labios que desapareció de golpe al ver la cara de Jairo.

—Qué pasó?—preguntó alarmada.

—Ya son trece con este—murmuró con la voz ronca, mirándose las manos blancas, como buscando rastros de sucio, viendo la culpabilidad bajo las uñas.

Amparo suspiró sabiendo lo que querían decirle, extendió un brazo para acariciar la mandíbula cuadrada y recién afeitada de Jairo y le dio un beso en la frente que él sintió como una estampa de hierro caliente.

—Quieres un café o te preparo un cigarro de María?

—No—enfatizó su respuesta negando despacio con la cabeza, buscando las palabras que darían comienzo al martirio, poniéndose de pie junto a la ventana donde pudo ver a los muchachos del barrio con sus camisas azul cielo y pantalones khaki camino a la escuela con el mismo aburrimiento o descuido de siempre.

—¿Era joven?

—Sí.

—¿Cuantos años tenía?

—Veintiuno, recién cumplidos.

Amparo frunció las cejas, apenada e impotente al mismo tiempo.

—Yo no entiendo que mierda es que tienen los muchachos de ahora en la cabeza—dijo exasperada—¿Por qué lo estaban buscando a ese?

—Robo, asalto a mano armada y asociación de malhechores—contestó Jairo mordiéndose el labio inferior.

—Imagino que tenía al barrio bien jarto que te llamaron a ti para salir de él.

—Era un crackero, no se podía esperar menos.

—Jairo, ¿tú lo conocías?—quiso saber Amparo, sentándose al borde de la cama mirando cómo se le tensaban los músculos de la espalda al hombre.

—Amparo—suspiró Jairo después de varios minutos de silencio—, yo maté a tu hermano.

Las palabras le supieron a mierda en la boca, tenía la garganta seca y las manos sudorosas. El silencio que cayó en el cuarto como la peste era peor que cualquier insulto, porque él sabía que ante sus ojos había dejado de ser el hombre del que se enamoró, ahora era un asesino, un esbirro del diablo, otro delincuente con uniforme; la sangre pesa más que el agua.

—Quizás no doliera tanto si hubiera sido otro y no tú—murmuró Amparo entre sollozos, secándose las lágrimas—Y sé que mi actitud es hipócrita, Jairo, porque yo sé lo que eres y lo que haces, pero era mi hermano, era tu cuñado, el hijo de mi mamá y mi papá. Era una gente, no un animal.

—¿Y tú crees que yo no lo pensé?—preguntó Jairo con rabia, dando una trompada en una de las paredes, viendo como Amparo se encogía ante su mirada, asustada.

—Podían haberlo metido preso—dijo Amparo entre dientes.

—Sí, tú tienes razón—asintió Jairo—, pero el problema es que las malditas cosas nunca salen como uno quiere, ¿o tú te crees que yo quería meterle dos tiros a tu hermano? Habría sido fácil si él no se hubiera resistido al arresto, pero salió corriendo, enfrentándose a tiro limpio con todo el que le saliera de frente.

—¿Dónde se los diste?

—No preguntes cosas que tú no quieres saber.

—Okey, no me digas—dijo ella apretando la sábana hasta que se le pusieron los nudillos blancos—.Yo lo voy a ver en la funeraria de todos modos.

—Amparo, tu hermano no era un santo y tú lo sabes—dijo Jairo entregándole su arma de reglamento a la muchacha, que lo miró como si se hubiera vuelto loco.—La muerte no lo agarró de sorpresa. Y como yo tampoco estoy libre de pecado, si tú me matas quizá yo encuentre la absolución y tú la venganza que le conceda paz a tu vida… la paz que a mí me falta—susurró Jairo, arrodillándose ante ella, enfrentando sus ojos tristes, derrotado—. Sería lo más justo.

Amparo negó con la cabeza una y otra vez, rehusándose a empuñar el arma puesta en sus muslos.

—No puedo—susurró ella con la voz débil.

—Sí, sí puedes—declaró Jairo, enredando sus manos con las de ella, colocando el cañón de la pistola en su frente mientras cerraba los ojos.

—No.

—Dispárame—pidió el hombre ahogado en culpa por primera vez en mucho tiempo—.Dame un maldito tiro para acabar con esta letanía.

Para él era otro mierda menos en el país si no conocía al que le mandaban a «quitar del medio», pero Ernesto no era simplemente otro tecato del barrio, habían bebido, celebrado navidades y año nuevo juntos, iban al río, pescaban y algunas veces se drogaban juntos, con la única diferencia de que Ernesto lo hacía por vicio a la piedra y Jairo con marihuana para relajar la mente y el cuerpo después de tanta barrabasada en el trabajo.

—¡Por Dios, Jairo José—gritó Amparo con rabia, soltando sus manos del agarre del hombre—no voy a matar al padre de mi hijo!

El arma cayó al piso y Amparo la hizo a un lado con el pie corriendo al único baño de la casa, donde encontró los rastros de la desgracia: el uniforme ensangrentado como prueba de que Jairo tuvo la decencia de cargar en sus propios brazos al muerto, el lavamanos con salpicaduras rosáceas y el maldito olor metálico que se impregna en las paredes por más cloro que se use. Jairo, como una sombra en la puerta, la miraba con lágrimas en la cara, inclinada sobre el sanitario vomitando y apretando su estómago, sin atreverse a tocarla.

—Saca esa maldita vaina de aquí—dijo con la voz gastada como papel de lija cuando al fin las arcadas pararon, señalando al canasto de la ropa sucia con un dedo tembloroso y el pelo cubriéndole la cara—, quémalo y pídele a Dios que nos perdone, Jairo... a ti por tus muertos y a mí por quererte, desgraciado.

Amparo De Guerra es una indolente, dirían muchos. Es una idiota dirían otros. No sabe odiar dirán algunos, pero la única verdad es que ama como nadie, porque al final la unión de sus carnes dio origen a la nueva sangre, a la promesa de un vínculo hasta la muerte... Y ella no era lo suficientemente bestia como para dejar que su hijo naciera huérfano de padre por culpa de un cualquiera que, ella bien sabía, no valía la pena.

Mala mujer

Decía mamá que una mujer sólo tiene un amor verdadero en toda su vida. Una pasión que quema el sueño y entorpece la inteligencia, un amor peligroso que odia con la misma intensidad que ama. Nunca había creído en ese axioma proclamado por ella hasta hoy. Teresa Bisonó, una mujer de apenas veintisiete años acaba de matar a su marido, Camilo Bencosme. La encontramos en la entrada de la casa, agarrándose la cabeza. No lloraba, pero su lenguaje corporal decía lo suficiente como para entender la magnitud de su tristeza.

—Está ahí adentro—murmuró señalando con un movimiento leve de la cabeza al interior de la casa azul de madera con techo de zinc oxidado.

Román, mi compañero de turno, entró a la casa y yo me quedé afuera con ella.

—¿Por qué?—le pregunté en voz baja.

Ella sonrió triste y me mostró su cara,

desfigurada a trompones, su cuello aruñado y un seno amoratado.

—Porque la comida no estaba lista cuando llegó—contestó.

—¿Con qué lo hiciste?

—Con un bate.

—¿Cómo?

—Mandé al niño a la casa de mi mamá en un motoconcho porque él quería tener relaciones conmigo—hizo una pausa tragando con dificultad—. Solo tenemos una habitación donde dormimos todos, el niño, él y yo.

Asentí una sola vez, poniéndome a su nivel en cuclillas mientras seguía tomando nota de su declaración. El hacinamiento y la violencia siempre son hermanos de la pobreza, eso no sorprende a nadie.

—Entonces, cuando ya nos quedamos solos, me obligó a hacerle sexo oral y a dejarme penetrar por atrás. Cuando terminó, esperé a que se durmiera y entonces me paré del catre. Saqué el bate del armario—confesó con la respiración agitada—, y lo golpeé en la cabeza con toda mi fuerza. Le di tantas veces, con tanta rabia… No recordé que era el papá de mi hijo, se me olvidó—repitió con cierta histeria en la voz—, hasta que me salpicó su sangre en la cara, en el pecho y en los brazos, no lo recordé ni siquiera cuando escuché como se le partía la cabeza como una jícara de coco.

—¿Él te violaba y te golpeaba constantemente?

—Sí.

—¿Por qué no lo denunciaste?

—Yo lo quería—me contestó abrazándose a sí misma.

—¿Lo querías o le tenías miedo?—pregunté viendo aparecer a Román detrás de ella con el bate ensangrentado en una funda plástica.

—Las dos cosas, señor—dijo bajando la mirada, avergonzada.

—Tenemos que esperar a que llegue el médico legista para irnos—anunció Román, cruzándose de brazos.

Teresa se espantó al escuchar la voz del hombre.

—Te tenía bien jarta el tipo, mi hija—resopló Román levantando las cejas.

—Jarta es poco—murmuró Teresa abriendo y cerrando los puños sin levantar la vista.

—¿Que tú viste ahí adentro?—le pregunté a Román, poniéndome de pie, quitándome el polvo amarillo de los pantalones.

—Un hombre de raza mulata, de veinte a treinta años, más o menos 180 libras y aproximadamente seis pies de estatura, desnudo en un catre, con trauma cráneo encefálico severo—me contestó sin inmutarse, con la calma que uno coge de la costumbre. Los ojos de un policía ven demasiada mierda como para espantarse por un hombre con la cabeza machacada a batazos—. Todavía no presenta rigor mortis, tiene las manos semicerradas y en la pared me parece que hay pedazos de masa encefálica y cerebral. Los forenses confirman esa vaina ahorita.

Asentí una sola vez y me troné los dedos pensando en mis tiempos de muchacho, recordando todas las veces que mami me confesó el deseo de matar a papi, un deseo que casi la ponía loca todas las noches cuando mi papá llegaba borracho.

—¿Usted me cree si le digo que solo el que ama con locura mata con tanta pasión?—preguntó ella dirigiéndose a Román, pestañeando rápido, mirándose las manos como el que no cree que pertenezcan a su cuerpo.

—¿Tu oíste, Cabral?—rio Román sorprendido, mirando a Teresa de arriba a abajo, admirando la belleza de su cuerpo prieto, su greña rizada brillando al sol de la tarde, sus ojos ámbar con una ceja partida y el labio superior hinchado por los golpes recibidos. Aún vuelta un disparate no dejaba de ser la morena más bella de esta isla—. Es poeta como tu mamá, habla igualito a ella.

—¿Poeta?—preguntó incrédula Teresa, mirando por encima de su hombro a Román—No, los locos no somos poetas.

—Yo entiendo este desastre y tu locura—dije intentando consolarla mientras recordaba el día en que vi a papi golpear a mami por primera vez—. Luchaste por ti.

—Tuviste suerte—suspiró Román, poniéndole las esposas.

—No—negó con la cabeza despacio—, no fue suerte, fue impulso. Uno de esos momentos de lucidez que da el diablo.

—Eras tú y tu hijo o era él—advertí ayudándola a ponerse de pie—fuiste inteligente.

—Al menos el niño no se va a quedar solo en este mundo—intervino Román mientras emprendíamos el camino de bajada—, salvaste su vida y la tuya.

—Sí, pero condené mi alma.

—Es el precio de no convertirse en estadística... Es instinto de supervivencia.

Teresa se quedó callada mirándome fijamente a los ojos a mitad de camino.

—No eres mala mujer por no dejarte matar—dijo Román poniéndole una mano en el hombro.

Él es un hombre de buen corazón. No la empujó ni apretó mucho las esposas, solo caminó junto a ella por la franja de tierra y piedras, no detrás apurándole el paso, dejándola contar cada pisada, despidiéndose del lugar en silencio, contando hormigas en su mundo oscuro, obviando las miradas de asombro y pena de los vecinos.

—Huele a flores—murmuró de repente Teresa cerrando los ojos mientras dos lágrimas gruesas rodaban por su cara, antes de levantar el ruedo de su vestido amarillo para entrar a la patrulla policial.

—Es tu ángel de la guarda—le aseguré con una sonrisa—. Dios te bendice, mujer.

—¿Usted cree?—cuestionó ella, cansada, limpiándose la nariz con el dorso de la mano.

—Sí, y si no nos crees entonces pregúntate por qué estás viva—dijo Román cerrando la puerta de la camioneta blanca abollada.

Teresa asintió y se sentó mirando al frente con la espalda recta, intentado controlar la furia de los temblores desatados en su cuerpo. Ya no era un pedazo de mierda como su abusador decía, ya no era fea, ni bruta, ni débil, ni basura, ni demasiado prieta, ya no le molestaban sus estrías ni la gloria marchita de sus senos caídos. Ya no volvería a tener que lavar la ropa sucia, hedionda a sudor, a ron y a otras mujeres.

Y repetía para sus adentros:

—No soy mala mujer por no dejarme matar… No soy mala mujer por no dejarme matar… No soy mala mujer…

ALCANIA Y LEONOR

En el patio ya estaba cayendo la tarde y Alcania fumaba mirando a su sobrina de arriba a abajo con ese gesto prepotente que tiene siempre pegado en la cara como una postalita. Da la impresión de que puede leer la mente y saber el futuro sólo con mirar fijamente a los ojos de los demás. Es una mujer de cuarenta y ocho años que aún no tiene una sola cana en el pelo, su piel trigueña brilla con el dorado del atardecer y sus uñas barnizadas de rojo le dan ese toque de feminidad que su gesto severo licúa hasta volverlo invisible.

—Yo no te lo vuelvo a repetir, Leonor—dijo señalando con el dedo índice a su sobrina—, ese maldito hombre no va a cambiar.

—Tía, yo sé porque le digo que esta vez es verdad—le contestó Leonor tomando su mano tibia, áspera y callosa de tanto afanar limpiando casas—, me prometió ir a terapia y además me trajo el ramo de rosas más lindo de la capital.

—¡Gran mierda!—exclamó soltándole la mano a la muchacha—. A ti te compran fácil, ojalá y no sea yo que te lleve las otras flores al cementerio, como a tu mamá.

Leonor soltó una carcajada y justo en ese momento Alcania supo lo idiota que era esa muchacha, igual que las otras señoras a las que ella le barre el piso, les cocina, lava, dobla y plancha vestidos, blusas, camisas y pantalones traídos de París. A quiénes de vez en cuando, para matar el aburrimiento, deja que los perros le caguen la entrada de la casa a la hora de la comida. Solo ahí cobran vida las muñequitas de los empresarios hijos de la gran puta que golpean a sus esposas y van los domingos a la iglesia con una sonrisa encantadora a enamorar a las jovencitas culo alegre, hijas de algún amigo o socio del partido, y entonces chillan el nombre de Alcania con una histeria que uno solo cree posible en las novelas mexicanas.

—¡Alcania venga acá—gritan—, pero rápido venga!

—Dígame doña—contesta Alcania, mordiéndose los labios para no reírse.

—Amarre los perros, por favor, y que no se vuelva a repetir este suceso tan desagradable, para que pueda cobrar la próxima quincena.

—Excúseme doña—murmura Alcania saboreando la amenaza implícita de despido y se va a buscar guantes y fundas plásticas con las manos unidas frente al delantal blanco que tiene amarrado a la cintura del vestido azul cielo, y piensa que si los golpes y los cuernos que les pegan las molestaran tanto como la mierda de perro, hace rato que el esposo estuviera sin güebo o muerto, que es casi lo mismo, pero es que el dinero pone a la gente ciega, sorda y muda; es mejor tener dinero y ser infeliz que no tener nada y ser infeliz como quiera.

—Yo pensaba que tú eras más inteligente, Leonor—murmuró Alcania exhalando humo, apenada—, ya te estás pareciendo a las pendejas vecinas tuyas de Naco.

—Tía yo no puedo volver para acá—suspiró Leonor negando con la cabeza.

Alcania tiró el cigarrillo a la yerba y lo pisó, miró las nubes rosadas, mamey con rojo, y se soltó el moño que tenía apretado.

—Acá, como dices tú—respondió mirando los ojos marrones de Leonor—, tú no tenías un ojo abollado ni andabas en manga larga en verano. Aquí tú podías hacer lo que te daba la gana excepto singarte medio barrio, porque sabes bien que te dije que podías ser lo que quisieras menos cuero. Lo único que yo no esperaba es que salieras idiota. Mínimo—dijo ya con la sangre caliente de rabia—, a ti se te metió Metresilí en el cuerpo.

—Tía ¿qué oportunidad iba a tener yo aquí?— inquirió Leonor levantando los hombros—. A lo más, vender empanadas o dulce de coco. Nunca iba a ser profesional metida en Capotillo.

—¿Y de qué diablos te sirve a ti un título de psicóloga en República Dominicana? Porque aquí todo el mundo dice que los primeros locos son los psicólogos y aparte no hay cuarto para pagar consulta. Sale más barato ahorcarse o darse un tiro, y además tú no ejerces porque el azaroso no te deja, así que ese título lo que está es colgado en una pared cogiendo polvo.

—Tía, eso es por ignorancia que hablan así.

—No, por ignorancia no—negó Alcania

vehemente—, ¡es la verdad, coño! Y ve a ver si te analizas mirándote en un espejo, porque yo creo que a ti se te fundieron las neuronas, dejándote machacar de un comemierda. Yo no sé a quién fue que tú saliste.

—Tía, es natural tener desacuerdos en una relación, sólo hay que buscar la solución al problema—dijo Leonor, tranquila—. Estoy hablando con él de eso.

—La solución de Héctor contigo siempre es darte una buena trompada, para la próxima va a ser matarte—sentenció Alcania prendiendo otro cigarrillo—, te lo dije hoy, anota la fecha.

—Estoy embarazada—anunció su sobrina echándose el pelo largo y rubio para atrás—. Tengo la esperanza de que el bebé ayude a tranquilizarlo.

Alcania se quedó lívida y dejó caer el cigarrillo.

—¿Qué fue lo que tú dijiste?—preguntó.

—Que vas a ser abuela, Alcania—contestó Leonor poniéndose una mano en la barriga con una sonrisa que la hacía ver más bella de lo que ya era.

Alcania se sintió mareada y tuvo que sentarse en una de las mecedoras con una mano en la cabeza porque, ¿de cuándo a dónde muchacho cambia hombre?

—¿Hace cuánto que tú lo sabes?

—Me enteré esta mañana antes de venir para acá—respondió su sobrina sentándose frente a ella—. Tengo ocho semanas de embarazo.

—¿Y cuándo tú pretendes decirle eso a Héctor?

—Esta noche.

Alcania se quedó callada y entró a la casa aguantándose las ganas de llorar y de romper todos los platos, mientras Leonor llamaba un taxi en la galería. Ella sabía que las cosas no iban a salir como pensaba Leonor. Para Héctor, Leonor era una cosa que compró y estilizó, un adorno para llevar agarrado del brazo, un objeto de placer sexual simplemente, y un embarazo iba a tener consecuencias en su cuerpo: estrías, los senos caídos, manchas y gordura. Se iba a transformar en una cosa fea e inservible para ese hombre.

Pasaron los minutos y afuera sonó una bocina. Leonor se despidió de Alcania con un beso en la frente y la bendición. Su tía la miraba triste desde la ventana de la sala mientras se iba alejando por el caminito bordeado de cayenas. De repente hizo frío y se puso oscuro, un gallo cantó a lo lejos y Alcania cerró sus ojos pidiéndole a todos los santos ser sorda para no escuchar cuando el teléfono sonara.

Pasaron las horas. Alcania no tenía sueño ni hambre. Recién terminaba de fumar su sexto cigarrillo del día fregando la taza de café que había tomado cuando sonó el teléfono. Ella creía que iba a ser distinto, que el timbre sonaría más rápido, que estaría lloviendo o que sencillamente por primera vez en su vida estaría equivocada y que sus palabras proféticas no se cumplirían. Pero no fue así, ni sonó rápido, ni llovió y tampoco se equivocó... Héctor mató a Leonor, pero también se mató él.

Alcania se miró en el espejo del baño. Todavía no lloraba, pero tenía los ojos irritados por el humo de los cigarrillos. Se alisó el pelo con las manos y se abotonó la blusa blanca hasta el cuello; se cepilló los dientes y salió de la casa en plena madrugada. Cuando llegó a la morgue del Hospital Robert Reid Cabral y vio a Leonor sobre una mesa de acero inoxidable, desnuda, con dos balazos en el pecho y uno en el abdomen fue como ver una película cuyo final ya sabía.

—Mañana te voy a llevar las rosas blancas que te gustan tanto mi niña—susurró acariciándole el rostro angelical a Leonor, que parecía más dormida que muerta. La cubrió de nuevo con la sábana y salió de ese cuarto frío, hediondo a rabia, tristeza, traición, accidente y vicio.

Sus tacones repiquetearon en el pasillo y sólo dos lágrimas le mojaron la cara.

Una vida cualquiera

Mireya miraba atenta cada movimiento de los músculos de la espalda descubierta de Morgan mientras él se dedicaba a desmontar la Glock para limpiarla sobre la mesita de cristal en el centro de la habitación. Afuera caía una lluvia ligera y relampagueaba de vez en cuando, haciendo desaparecer momentáneamente las sombras largas de los muebles. El silencio postcoital se hacía insoportable y revelaba la naturaleza de su relación: un asunto de simple conveniencia. Él es un abogado entrado ya en los cuarenta con dinero de sobra, ella apenas cumplió veintiuno, está en el paralelo entre ser una joven adulta indecisa o una mujer total con ambición.

—¿Y tus hijos?—preguntó ella parándose de la cama de sábanas revueltas completamente desnuda.

—Karina llegó de Italia hace dos días y Federico en la misma vaina de siempre—contestó Morgan con la voz ronca, tronándose el cuello—, entrando y saliendo de la universidad cada vez que le da la gana, fumando yerba y soñando con el derecho de igualdad.

Mireya sonrió y se acercó a Morgan para rascarle la espalda con sus uñas largas.

—¿Y Patricia?—quiso saber Mireya masajeando los hombros duros del hombre.

Morgan estalló en carcajadas y se giró para mirar a Mireya a la cara.

—¿De cuándo a dónde a ti te ha interesado Patricia?

—Desde que tú ya no te quedas a dormir conmigo—se quejó ella mordisqueándole una oreja a Morgan.

—¡Ah!—exclamó él levantando las cejas—. Entonces la curiosidad es sólo por esa pendejada.

Mireya sintió como la cara se le ponía roja y se apartó del hombre para recoger los pantis de encaje que habían quedado tirados en la alfombra frente a la cama.

—Tú ya estás grandecita, Mire—continuó él mirándole los cachetes del culo todavía enrojecidos por las nalgadas que les había dado—, como para tenerle miedo a la oscuridad.

—Morgan, yo no le tengo miedo a la oscuridad—respondió ella tajante, amarrándose el pelo en una cola.

—No hagas malasangre, Mireya, eso mata—advirtió Morgan en voz baja.

—¿Me vas a contestar o no?—preguntó ella con tonito prepotente poniéndose una mano en la cintura.

—Tú te salvas de que no te doy un galletón por respeto a tu papá—le dijo él cruzándose de brazos y mirándola de arriba a abajo.

Mireya se echó a reír y se sentó en el borde de la cama con un pierna cruzada sobre la rodilla.

—Claro, Morgan, tú lo respetas tanto que no me das golpes, nada más me lo metes como manda la ley.

—Yo no te obligo mi reina—suspiró él—. Tú lo haces por gusto, por rebeldía o por dinero. Y yo porque quiero y puedo.

—Eso no te lo niego—respondió ella encogiéndose de hombros—. Tú por lo menos me gustas, al contrario que los demás, y un extra es que haces magia con esa boca sucia tuya—sonrió Mireya mordiéndose el pulgar—. Hacía mucho que no tenía un buen orgasmo.

—Tan linda la niña del General de la Fuerza Área hablando así—se burló Morgan, amartillando el arma para luego ponerle el seguro.—Tú papá te oye y te mata.

—Si, pero no me voy sola, te mata a ti también de paso—dijo ella mirando cómo se flexionaron los bíceps de Morgan trabajando con la pistola todavía. Para su edad, el tipo está en mejor condición física que cualquier muchacho—. Se supone que yo soy virgen y tú eres casado.

—Mire—volvió a suspirar Morgan, dejando caer los hombros—deja esta vaina, tú no tienes necesidad de hacer lo que estás haciendo, déjale esto a la tigueritas que andan sankypanqueando en las playas de Terrenas.

—Ahí vienes ya con tus consejos de padre—dijo Mireya hastiada, poniendo los ojos en blanco.

—Te lo estoy diciendo por tu bien—advirtió Morgan con ternura, poniéndose de pie, colocándose el arma en la cintura del pantalón—para que no termines con un balazo entre las cejas.

Mireya no dijo nada, se dejó caer de espaldas sobre el colchón y extendió un brazo, mirando al techo de cristal, como si quisiera arrancar un pedazo del cielo nublado. Parecía una niña soñando despierta.

—A veces yo quisiera ser otra gente, Morgan—murmuró ella después de un momento de silencio, sintiendo como empezaban a arder las lágrimas en sus ojos—, yo ni siquiera sé por qué hago lo que hago...

—Es que estás vacía, Mire—susurró el hombre, mirándola desde sus seis pies de estatura—. Haces lo que quieres porque no tienes límites, desde que naciste todo ha sido fácil para ti, tú nunca has pasado hambre ni has ido a cumpleaños con zapatos rotos, tú no sabes lo que es dormir en el piso y comer pan duro de desayuno, tú no duermes con miedo.

—Es verdad Morgan, pero tampoco soy feliz.

—Yo lo sé, mi amor—asintió él—, pero eso es porque tienes todo y al mismo tiempo no tienes nada: mami y papi te complacen cada capricho, viajes a cualquier parte que te dé la gana, te pagan un apartamento en una torre donde vives sola, es un sitio limpio y con comida que a veces tiras a la basura, pero no es suficiente para ti. Aprende a respetar tu cuerpo, sigue tus estudios y lárgate de este paisito de mierda, acepta que la soledad no es tan mala si sólo te rodeas de mala compañía. Empieza de cero en otra parte antes de que sea demasiado tarde—le aconsejó Morgan poniéndose su camisa negra estrujada, sintiéndose como el hombre más hipócrita en toda la tierra, porque, ¿qué calidad moral tiene él para aconsejar a Mireya? Un infeliz que tiene una esposa muriéndose de cáncer en el Instituto Oncológico, con un hijo drogadicto y una hija que prefiere ser mesera en Italia que ser doctora en su República porque apenas soporta a su propio papá. Un hombre que le dedica tiempo a su amante cuando las sesiones de quimioterapia debilitan tanto a Patricia que ni cuenta se da de que él se ha ido a rapar una tiguerita. Es una vaina para morirse de risa, de rabia o de pena.

—No seas como yo, Mireya—continuó él

inclinándose sobre la cama para besarle la frente—. No vivas una mentira.

Mireya cerró los ojos al contacto de la boca de Morgan sobre su frente y sintió como si un hilo imaginario se hubiese roto en su mente abriendo una puerta cerrada hasta ahora: la empatía. Al fin entendía la tristeza en los ojos de Morgan y la risa ronca de pura ironía. Los dos buscaban en su mutua compañía el exilio desde la soledad.

—Tú no la amas, Morgan—susurró Mireya tomando una de las manos del hombre, apretándola a su pecho—. ¿Por qué tú sigues con ella?

—Por gratitud, Mireya—contestó él con una sonrisa triste, pasándole el pulgar por la mejilla—, cuando yo era un mierda en este pueblo, ella era la que me daba de comer y me lavaba la ropa.

—¿Ella sabe de mí?—preguntó Mireya temblando.

—No—negó Morgan despacio, pasándose la mano libre por el cabello lacio y canoso—. Sería un hijo de la gran puta si la hiciera sufrir más. Ya perdió todo su cabello y hace un año le quitaron los dos senos.

Mireya le apretó la mano tan fuerte que sus nudillos se pusieron blancos.

—Patricia es más mujer que yo aun así—reconoció la muchacha comprendiendo las ausencias prolongadas de Morgan, imaginando a su mujer flaca, calva y mutilada en una cama de hospital, esperando ansiosa la llegada de su marido con un ramo de sus flores favoritas, él bañando su cuerpo cansado con las mismas manos que le arrancaron la ropa a ella con desespero, contándole su día hasta que Patricia volvía a quedarse dormida y él despierto con sus mentiras. Mireya se sintió como mierda, pero eso no le impidió sonreír a la par que las lágrimas se desprendían de sus ojos—. Ya vete—le dijo con un nudo en la garganta—. No le voy a seguir quitando tu tiempo a ella.

Él le devolvió la sonrisa y soltó su mano caliente; ella se arropó con las sábanas sucias del encuentro pasional y él caminó despacio hacía la puerta.

—Mire, tú tienes los recursos para cambiar las cosas—afirmó Morgan antes de irse para siempre o hasta el día siguiente de su vida—. Eres hermosa, joven, inteligente y todavía tienes un cuerpo sano, no lo desperdicies—fueron sus últimas palabras antes de que ella escuchara la puerta cerrarse y sus pasos alejándose.

Era el final de otro día, la sensibilidad postorgásmica, la depresión en la almohada, volver a sentirse como una niña asustada, la tristeza, la impotencia, el impacto de la verdad revelada, el aguacero cayendo y el perfume de Morgan, la locura de Mireya que se estaba enamorando... la inmadurez y el simple hecho de estar vivos, de ser humanos y estar jodidos, de querer y de amar. Y odiar no sentir nada o sentir demasiado y desear morir para luego volver a nacer para vivir otra vida, una vida cualquiera, pero no esta.

Para la mayor gloria
del padre

«La Policía Nacional informó hoy que durante acciones realizadas en Hato Mayor apresó a un sacerdote acusado de violar sexualmente a una menor. La institución explicó que se trata de Jesús Tolentino, de 38 años, residente en el sector Las Malvinas, en la provincia de Hato Mayor, quien está acusado de abusar sexualmente en varias ocasiones de una niña de ocho años de edad, a quien se le hace reserva de su nombre por razones legales. Así mismo, precisó que tras ser examinada por un médico, éste certificó que la menor presenta laceraciones vaginales antiguas. El detenido fue puesto a disposición de la justicia a través del Ministerio Público. El religioso niega las imputaciones hechas en su contra.»

Esa era la noticia del momento en el barrio, la primera página del periódico, la justificación para el griterío de la vecina y el motivo para yo reafirmar que en las iglesias, templos y casas de oración lo que hay es una sarta de rastreros, maricones reprimidos y pedófilos con sotana.

—¿Tú viste el vídeo en donde sale el tipo diciendo que la niña lo sedujo?—me preguntó José, mi hermano, después que terminé de leer el periódico.

—¡Ah, no me digas!—exclamé levantando las cejas—. Buen pendejo, tiene los granos de titanio es, ¿cómo diablos una niña de 8 años lo va a seducir? Será mierda en lugar de cerebro que tiene; una cosa que una niña a esa edad ni bañarse sabe y es más, me voy más lejos, ¿qué fucking atractivo sexual tiene una niña? Ninguno.

—Bro, vamos a resumirlo—dijo José cruzándose de brazos—: él no supo mantener el güebo abajo de la sotana.

—A ese hijo de su malditísima madre lo que hay que hacer es matarlo.

—Claro, pero el problema es que eso no repara el daño permanente que va a tener esa niña—explicó José con su fucking diplomacia.

—Es verdad que no se repara el daño—asentí—,

pero como decía papá: muerto el perro, se acaba la rabia.

—Yo te entiendo, man, pero aquí eso es un imposible, no hay legislación que establezca la pena de muerte.

—¿Y quién te dijo a ti que hay que matarlo por dictamen de sentencia? A ese mamagüebo hay que soltárselo al pueblo es, para darle hasta con el cubo del agua por abusador y después que uno se jarte de darle golpes, buscarle un burro que le desaforre el culo.

José creyendo que fue un chistazo, se echó a reír como el que no cree que yo sería capaz de torturar así a un hijoeputa.

—Loco, piensa—murmuré tirando el periódico arriba de la mesa—, ahora es que todo el mundo se está enterando porque esa niña habló, pero quién sabe a cuantas tigueritas o carajitos manoseó ese asqueroso.

—No, espérate—negó José con la cabeza—, no fue tampoco que la niña habló, fue que la mamá encontró unos dibujos escondidos en una caja de zapatos abajo de la cama de ella.

—¿Dibujos? ¿Dibujos de qué?

José no me respondió con palabras, me pasó su celular y en la pantalla aparecían varios dibujos de dos figuras: una niña chiquita y un hombre gigante que parecía tener 3 piernas; en la segunda imagen, otra vez la misma silueta de la niña pequeña, pero esta vez sangraba por su vagina mientras la silueta del hombre gigante la penetraba.

—Daniel, yo no me quiero ni imaginar a Briana o Johanna dibujando una mierda así—me dijo José mirándome a los ojos.

—Oye lo que te voy a decir, man—contesté poniéndole una mano en el hombro—, yo nunca he creído en esas vainas, y menos en hombres disque dándoselas de santos en la tierra. Tampoco me he dejado llevar de la mamá de las hijas mías y gracias le doy a los dioses por primera vez en mi vida que nunca las mandé los domingos para la iglesia como ella quería, porque si ese azaroso iba y le ponía un dedo encima a las muchachas mías te juro, coño, que lo mataba en medio de la fucking maldita misa alante de to' el mundaso. Dos tiros nada más; uno en la cabeza y otro en el pecho en el nombre del Padre, del Hijo y del Espíritu Santo.

—Y entonces tú preso—murmuró José, como si yo no supiera las consecuencias de matar a otro.

—Sí, preso—admití con una sonrisa—, pero contento, porque quité a un mierda del medio.

José volvió a negar despacio con la cabeza, como diciendo: este pana no tiene remedio, pero lo comprendo, aunque no esté de acuerdo con su método.

—Tú siempre con tu vaina estilo Tarantino, explotando cacos y dando más tiros que un vaquero.

—Tu sabes que yo soy loco.

—Tú no eres loco—me dijo después de unos segundos callado—. Tú eres padre, que es diferente.

José no pudo haberlo dicho mejor: cuando uno es padre el mundo no es el mismo de antes, la perspectiva de las cosas cambia, uno se vuelve vulnerable y consciente de que lo malo existe y que tarde o temprano puede llegar a la puerta de tu casa. Uno siente miedo de tantas cosas y de nada al mismo tiempo, miedo de que alguien le robe la inocencia a tu hijo o peor, a tu hija hembra, miedo de que no te quieran lo suficiente, miedo de fallar como padre y que te pierdan el respeto, pero también muchas otras cosas dejan de tener sentido: joder en la calle con los panas, beber todos los fines de semana, conseguirte un culo nuevo... ninguna de esas mierdas al final se comparan a la felicidad de Briana y Johanna, es como si el egoísmo pasara a un segundo plano, nada es mejor que la tranquilidad de tenerlas en mis brazos, de besarles la frente cuando duermen o llevarlas a la escuela y a comer helado, o a correr en el parque volando chichiguas y cantar con ellas... Pero lo mejor de todo es saber que siguen siendo mis niñas y mi orgullo es que están creciendo sanas.

—Puede que tengas razón—suspiré al rato, mirando a mis hijas jugando con sus muñecas en el piso de la sala—, y eso, ¿me hace más, o menos peligroso?

El arte del chulimameo

Y llegó el día fatídico que toda madre teme: el final de la metamorfosis, la evolución hormonal que crea monstruos. De la noche a la mañana a María Dolores Altagracia del Rosario le crecieron las tetas, las caderas y el culo. Ya no quería usar moñitos con cintas ni bolitas plásticas al final de las trenzas, ahora quería llevar el pelo suelto y lacio a puro vapor, negando a coñazos la herencia africana de un pelo rizado, fuerte y flexible… en jerga local, malo. Ya no se sentía tímida ante el exceso de carne en el espejo. ¿Por qué? Porque descubrió el poder de la mujer caribeña; el poder que representa ser una tipa de buenas proporciones.

Abría sus ojos al nuevo mundo: saldría del barrio de la mano de algún viejo millonario. Saltaría de la pobreza a la opulencia en un abrir y cerrar de ojos. Ya no le interesaban los juegos de muñecas, ni los vestidos con vuelitos, tampoco los zapaticos blancos de charol; ahora había un recién nacido interés por la anatomía masculina. ¿Cómo se sentirán las manos grandes y ásperas de un hombre en el cabello, en la espalda, quitándole el brasier, ya al fin sin colcha o papel haciendo función de relleno y agarrándole las nalgas? Le había atacado la curiosidad, la ansiedad de dominar todos los tipos de besos, pero el que más le inquietaba era el beso francés o de lengua como se le conoce hablando en barrio. Esas contorsiones de la lengua, ese chapoteo de baba, la lentitud y delicadeza con que besan los actores de novela la tenían loca. Putisíma diría su abuela, chivirica, encendida, acelerada, rápida, etc.

Se la pasaba soñando despierta hasta que conoció al jevito del barrio y bajó de las nubes para volverse una experta en el arte del chulimameo. Se volvió una extraña malhablada y comparona, en pocas palabras: una comemierda. Les contaba a las primas sus aventuras de mujer con su «novio». Y si su mamá o una tía la escuchaba contando sus crónicas puteriles, le caía a galletas o a correazos, porque ninguna mujer de la familia Del Rosario había salido cuero como para ella estar hablando vulgaridades tan a la franca.

—Seguro que tu marío lo tiene chiquito, por eso es que vives aburrida y envidiosa—le contestaba a cualquiera de las féminas que le ponía la mano encima. Se reía como que los peligros de contraer una enfermedad venérea fueran relajo. Se fugaba de clases para ir a esconderse en armarios con muchachos más grandes que ella, a dejarse manosear con tanta alegría que daba asco. Hasta que pasó lo que se supone que no tenía que pasar: se enamoró, se sonrojó, se entregó y se jodió.

Llegó con la noticia del embarazo con la vergüenza que le faltó para dejarse quitar la ropa y abrir las piernas. Si su papá estuviera vivo, otro gallo cantaría. Seguro la habría matado a ella y al nieto en gestación a golpes. Una tiguerita de apenas quince años, ¿qué va a saber sobre la abnegada tarea de ser madre? Eso es una vaina fantástica: una muchacha criando otro muchacho. El caos Freudiano, porque ese hijo cuando crece no te tolera como padre, te considera un amigo por esa jovialidad de cuerpo, mente y espíritu que todavía queda como remanente de una niñez ultrajada por las malas decisiones.

María Dolores, ahora convertida en la protagonista de los chismes del barrio, tiene la desgracia de ser otra de las tantas futuras madres solteras. Como era de esperarse de un rapador irresponsable, el padre desapareció con tal rapidez y tal perfección que cualquiera pensaba que se lo había tragado la tierra. Y así se le ocurrió a la pendeja una idea brillante: rugir como feminista enloquecida la proclama del derecho al dominio de su cuerpo. Hablando claro, la niña se volvió pro-aborto hasta que las palabras de Benigna Del Rosario (su Santa madre) le atravesaron el orgullo:

—Como buena hembra que fuiste para abrir las piernas y dejarte meter un ripio, ahora te toca ser buena mujer y parir tu muchacho. A ti no te violaron, así que no te luce tu discursito diplomático ni tus lágrimas de cocodrilo.

Benigna es de las que les gusta poner el dedo en la llaga. Una mujer que hace respetar las leyes divinas, porque okey que su hija haya sido putona, pero asesina no, eso si que no, ¡coño!, por encima de su cadáver. ¿Qué iban a pensar las compañeras de rezo de la iglesia Cristo Redentor si le sacaba el muchacho con una botella preparada por la abuela? Ahora tenía que soportar las miradas arrogantes de las demás madres del barrio, como diciéndole con los ojos:

—Mi hija será culo alegre, pero idiota como la tuya no.

Pero respira Benigna, respira mujer, que tu hija no es la primera ni la última tiguerita embarazada de este país.

En el hospital público, María Dolores no era la sensación del bloque, como podrán imaginar, era otra manzana echada a perder, otra más que le dijo abur a la escuela, a una carrera universitaria, a un postgrado internacional, a un buen trabajo, a una buena vida. Se condenó a ser otra limpia pisos, una medio alfabetizada, fanática empedernida de las novelitas juveniles de las cuatro de la tarde. Por ratos, a ella como que se le olvidaba que el peso en la barriga no era por una jartura o por estar constipada; era un bebé, su bebé, que para colmo de males ella no quiere, después que disfrutó tanto en el proceso de su creación.

—Tú la vas a pagar todas cuando ese muchacho nazca. Los bebés sienten cuando no los quieren—le avisó su abuela desde la mecedora mientras tejía unos botines de lana para el niño.

—Gran vaina—murmuró María Dolores—, si él no me quiere y yo tampoco lo quiero, estamos a mano entonces. Con que lo críen tú y mami es suficiente.

Y así en medio de la discordia de la madre y la ternura de la abuela y la bisabuela nació Moisés, un muchachito blanquito y arrugado, premiado con una mata de pelo rubio.

—Debe ser igualito al taita, porque a ti no se parece en nada—dijo Benigna acariciando con un dedo la mejilla del nieto hermoso. Eso debía ser obra de Belcebú, de maldad para hacer quedar mal al papá que lo negó: nació con la herencia de un jabao de Las Matas de Farfán.

Amamantar a Moisés era todo un proceso ya que su linda madre no quería estropearse las tetas. Tenía el temor de que se le cayeran con la misma delicadeza de un deslizamiento de tierra. Lo cargaba como con miedo y si el bebé lloraba por la madrugada se limitaba a hacerse la sorda, ni se movía. Al fin y al cabo, seguía siendo «una niña» y necesitaba sus ochos horas de sueño ininterrumpidas.

—Calla al muchacho ese—farfullaba con una sorna única en su clase, como si fuera culpa del niño ser hijo de una mala madre. Benigna, le cantaba nanas y le besaba la frente hasta calmarlo y ya cuando el bullicio amainaba, se quedaba mirando a la hija con pena. Ella sabía que las muchachas así nunca terminan bien.

Las únicas aspiraciones de María Dolores eran rebajar las libras que había ganado con el embarazo y volver a la putería más rápido que decir ¡pero carajo!

No tenía tiempo para preocuparse por el fugitivo padre de su hijo. Mientras tanto, en la casa que se los llevara el diablo a todos; apenas les estaba alcanzando para comer arroz con huevo diario.

—No sabía que tener un muchacho salía tan caro—le dijo una tarde a Benigna mientras se pintaba las uñas de los pies.

—¿De qué diablos tú estás hablando, muchacha? Cuando él crezca y entre a la escuela es que tú vas a saber si el gas pela—le contestó su madre exasperada, sacándole los gases al niño. María Dolores la miró con una mueca prepotente y viró los ojos. Benigna resistió el impulso de darle un galletón que le dejara la boca torcida para el resto de su vida y se fue a la galería con Moisés, espantando los mosquitos con una toallita deshilachada.

—¡Bien hecho Del Rosario, tremenda mierda que criaste!—pensó Benigna con amargura. Pero como dice el refrán: el que siembra vientos, cosecha tempestades. No fue sorpresa para nadie en la casa despertarse un miércoles por la mañana y descubrir que María Dolores había recogido sus motetes y se había ido en la madrugada. ¿Para dónde? Para La Romana. Se enteraron como tres días después de la gran desaparición, gracias al hijo de su vecina Nena que trabaja como DJ en un hotel para allá.

No llamaron a la policía ni lloraron, pero sí rezaban y le prendían velones a todos los santos para que la cuidaran porque sabían lo loca que es. La niña al fin estaba viviendo el «sanky panky dream», cuereando en las playas, vendiéndole el cuerpo a unos malditos viejos barriguses, de espalda, manos y tetillas peludas, con su mejor sonrisa. Nada más imagínense a María Dolores en colalé, prieta por el sol y con el pajón suelto, chupando helados de agua. Es prácticamente el sueño hecho realidad de todo viejo rabo verde, güebo caído, amigo de la Viagra, podrido en dinero, cuya esposa se niega rotundamente a darle una buena mamada porque sencillamente es asqueroso; entonces solo les queda como consuelo venir a República Dominicana a hacer turismo sexual, a olerle el culo a las carajitas, a besar donde esas diosas caminan y a regalarles cualquier baratija de la que se antojen.

—Dominican girls are beautiful—suspiran fumándose un cigarro.

—¿Baby, how much for one night?

—Depende de lo que tú quieras papi—contestaba la niña, sentándosele en las piernas a los gringos.

Iba a ser rica, va a volver para el barrio montada en una yipeta del año, le va a comprar una casa nueva a Benigna, se va a llevar a Moisés para Nueva York a vivir con ella para jugar en la nieve y va a poner un salón-spa que le va a regalar su Sugar Daddy, toda una campeona. Lo único es que ella no pensó nunca que las cosas podían salir mal. Y salieron mal. Le dijo que sí a una cosa que ella no entendía, a una fantasía que la dejaría casi loca y con un miedo terrible a los hombres para el resto de sus días.

Se hizo partícipe de una sesión sadomasoquista que le dejó más de diez moretones en el cuerpo, un hombro zafado y la boca partida, y sin poder decir ni pío porque la amordazaron y la amarraron para bañarla de semen y cera de velas.

Cuando al fin la pesadilla terminó salió corriendo de la habitación 305, desnuda, como si el diablo le estuviera pisando los talones, camino a la playa. Se tiró al mar buscando quitarse la peste a salvajismo de encima. El agua a esas horas parecía un pozo de petróleo, prieto y hediondo. Recordó las palabras que le dijo Benigna una vez con voz grave y ojos tristes:

—Tú quieres privar en mujer antes de tiempo, pero nada más te digo; acuérdate que el burro sabe a quién tumba y el diablo a quien se lleva.

Y ahí supo que era hora de volver a casa, al mismo charco de mierda del que había salido, boba de ilusiones, porque es que soñar no cuesta, es gratis. La encontraron desmayada dos guachimanes, tirada a la orilla de la playa como una sirena muerta. La miraron con lástima y uno de ellos se quitó la camisa azul del uniforme para ponérsela a ella, llamaron por radio solicitando una ambulancia y así fue como María Dolores despertó al otro día en una policlínica, vendada y con quinientos pesos en los bolsillos de un pantalón que le quedaba grande, lo justo del pasaje para volver a su origen, como una sobreviviente a las torturas de Trujillo; estaba como la vaca de Nena, que en vez de dar leche, daba pena.

El sol le quemaba la cara, el cuerpo le dolía, iba apretujada en la guagua entre una gorda morena que hedía a grajo y un viejo barbudo, tuerto, que le dio a comer una de las tres galletas de ajonjolí que tenía en las manos jodidas por la artritis, seguro era labrador en los campos de arroz de Nagua, seguro era pobre igual que ella, pero no le importó compartir su desayuno.

—A donde sea que fuiste nunca vuelvas—le dijo el señor con la voz ronca, típica de los fumadores—. Si escapaste de la muerte una vez, no provoques que vuelva a recordar tu nombre hasta que hayas vivido lo suficiente como para que la llames tú, con tu propia boca.

María Dolores, le miró la cara llena de arrugas, grietas de trabajo duro, de sudor y esperanzas, eran las marcas del tiempo y el axioma de la sabiduría... tal vez ese señor era Dios dándole una segunda oportunidad. ¿Quién sabe? Lloró en silencio como una niña arrepentida y cuando al fin terminó el viaje, era la tarde casi noche, no tenía nada que cargar ni regalos que traer. No tenía mucho, solo su vida: un camino de tierra amarilla y piedras, una casa de madera con techo de zinc, una abuela viva para rezar por ella, una madre que también es padre y es más fuerte que cualquier mata de roble, un hijo que ella abandonó y ahora tendrá que aprender a criar con la sombra de la culpa arrastrándose a su espalda. La bienvenida tranquila de Benigna y la abuela:

—Volvió la hija pródiga.

Así eran las cosas en casa de pobre: no había grandes alegrías ni grandes sorpresas, solo tristeza y resignación en abundancia. Moisés fue el único que chilló de alegría inocente al ver a su madre en el quicio de la puerta. No hubo abrazos ni besos, sólo alivio de que apareciera viva. Benigna se arrodilló ante el altar a San Miguel sin hacer ni una pregunta; el santo le había devuelto a María Dolores, ahora ella tenía que cumplir su promesa y se cortó la trenza que le llegaba a la cintura.

—Aunque no te importe mija, por ti daría mi vida—le confesó Benigna, poniéndose de pie para recoger a Moisés de la colcha tendida en el piso. María Dolores, sólo bajó la cabeza de pura vergüenza y se sentó junto a su abuela a desgranar los guandules que venderían mañana temprano.

Benigna Del Rosario le hacía verdadero honor a su nombre: ella le perdonaría cada falta, sufriría junto a ella, le vendería su alma hasta al mismito diablo a cambio de la entrada al cielo para María Dolores. Benigna sabía ser madre, pero ella no había sabido ser hija, y aun así su madre le sonrió y se acercó para acariciarle la mejilla, le puso al niño dormido en los brazos y le dijo:

—Cuídalo mija, es lo único que te va a quedar el día que yo me muera.

Las cosas nunca serían iguales. Ya la niñez había terminado. A partir de ahora le tocaba ser una mujer más en la familia Del Rosario, aunque sólo tuviera quince años.

Los hijos de Machepa

La diferencia principal de los mellos es el feno-tipo: Joan es blanco, pelo bueno y ojos claros, un animal de hombre, igualito al abuelo en sus tiempos de juventud. Básicamente es el dios de los totos, el rey de la labia, un rapador indomable mientras que, Maicol es mulato, caco malo y gordo. Sabrá Dios a cuál ancestro es que se parece. Es el amo de los libros, el invencible en el Nintendo, el ganador del spelling bee del año 2012, el más pariguayo de todos los pariguayos, el típico pana que las mujeres no miran dos veces, que mandan a la friendzone con ticket de ida sin retorno el 99.9% de las veces que se atreve a declarar su amor, aunque tenga el corazón más limpio de todo el planeta. Es un palomo sin remedio, tiene una mala suerte del carajo en asuntos del amor y, para su vergüenza, aún es virgen a los 19 años.

—Dime, ¿cómo lo haces Joan? ¿Cómo tú con

tan poco cerebro has llegado tan lejos? —preguntó Maicol con preocupación genuina en su tono de voz—. Todavía no comprendo cómo aprobaste el bachillerato.

—Se llama tigueraje, brother—contestó Joan, encogiéndose de hombros—. Chivos pa' los exámenes, tirarle un besito a la profe y darle su agarradita de culo en el curso de audiovisuales cuando los muchachos están en deporte; tú sabes que estas gringuitas mal singadas no se le resisten a un dominicano.

—¡Claro! Los hombres que tienen la maldición de Príapo llevan una vida menos jodida que nosotros los frikis—suspiró Maicol, mirando por la ventana a la calle del frente, cundida de nieve—, lo olvidaba... ¿Para qué necesitan estudiar si la belleza física es lo que importa en el mundo real? Inmediatamente eres carismático si vistes bien y tienes los dientes blancos y derechos, también es un plus si no eres prieto, mejor blanquito y pelo bueno, la experiencia laboral es un aditivo mínimo en el currículo. Si le gustaste a la de recursos humanos ya estás adentro por mera atracción sexual—hizo una pausa y miró a su hermano con una sonrisa—. Felicidades brother, eres un hijo digno de Eros y Afrodita, tienes un ticket express a las buenas posiciones laborales aunque no sepas ni mierda del cargo a desempeñar.

Joan sabiendo bien que su hermano le acababa de decir bruto poéticamente, decidió cogerlo suave, no porque fuera verdad, sino porque Maicol recién entraba en sus días de depresión y autodesprecio. Eso pasaba mínimo dos o tres veces al mes, particularmente después del rechazo de alguna jevita o de que nunca lo llamaran después de enviar su currículo como a veinte direcciones electrónicas diferentes en las que solicitaban personal.

—Tú como que deberías estudiar derecho o medicina porque bastante mierda que hablaste sólo para decir que el mundo del trabajo es totolandia: donde las mujeres casadas, solteras y viudas piensan con la popola y no con el cerebro—contestó Joan aburrido, apoyando la barbilla en una mano.

—Si para ti es totolandia, para mí es casi un imposible entonces. Estoy condenado a ser el empleado del mes en Home Depot con el mayor número de latas de pinturas vendidas.

—Calma el down, criatura, que no es el final de tus días. Háblame de mejores cosas—propuso Joan mirando con pena la espalda de hombros caídos de Maicol.

Había momentos en los que Joan genuinamente deseaba cambiar de cuerpo y vivir aunque fuera unas horas en los zapatos de su hermano, descubrir la complejidad de su cerebro, el cambio brusco en sus emociones, cómo veía verdaderamente al mundo detrás de sus fondo de botella.

—Tienes razón, brother, no es el final, pero hoy estoy más cerca de mi fecha vencimiento, uno más del montón.

Joan suspiró y se puso de pie sin decir nada y se puso al lado de Maicol en la ventana.

—Pero el mundo es eso brother; nacer pa' morirse, aunque en el medio tiempo de la vida no seamos notables—continuó su hermano jugando con los cordones de la capucha del abrigo, pensando en Paloma, su compañera de trabajo, también dominicana, residente en New York y el último amor de su vida, así se lo había jurado a sí mismo. Y si esta vez no funcionaba ya dejaría de creer que el exceso de dopamina y endorfina en el cerebro era amor, y que escribir poemas e idealizar la belleza de una tipa sólo es parte del enajenamiento mental pasajero que supone una ilusión.

—Procura no morirte virgen—advirtió Joan dejando caer un brazo sobre los hombros de Maicol—, o tendré que pedir a la iglesia tu beatificación.

—Si supieras que hay noches en las que no duermo pensando que simplemente seré Maicol «El Pajero»—contestó su hermano tapándose la cara con las manos, avergonzado y desesperado.

—¿Cómo van las cosas con Paloma? —quiso saber Joan, esperanzado en la bondad de esa mocanita rubia. Maicol bajó la mirada y sonrió, como siempre sonríe cuando está jodidamente enamorado de cualquier tipa que vio en el mall, en el tren o en el trabajo.

—Hasta ahora me sigue contestando las llamadas, así que creo que vamos bien.

—Ya—asintió Joan, aliviado de que ella aún fuera una constante en la vida solitaria de Maicol.

—Mañana saldremos después del trabajo.

Joan cruzó los dedos y le dio dos palmadas en la espalda a Maicol.

—Eso merece par de tragos de romo—dijo yéndose para la cocina, a lo que Maicol negó despacio con la cabeza y se fue a su cuarto, dejando a Joan con la botella de Brugal en la mano. Se tiró a la cama y sacó de debajo de la almohada su diario de poemas; mañana le leería su última creación en voz alta a Paloma.

Al otro día despertó más temprano de la cuenta, aunque no tenía que tomar bus para el trabajo, ya que su hermano le había prestado el carro para su «primera cita». Joan cuando quiere es buena gente y más si se trata de ayudar a Maicol. Le preocupaba demasiado una vocecita nueva en su cabeza que le susurraba cuando menos se lo esperaba: «Puede ser que tu hermano no llegue a desarrollarse como adulto. Míralo bien, cumple todos los requisitos para ser parte del club de los ñoños fracasados, es un potencial suicida, ¡por Dios, coño!, escribe poesía y lo has encontrado hablando solo más veces de las que resulta normal. Es un híbrido entre Cesare Pavese y Kurt Cobain, solo que menos cool y eso es demasiado a decir».

Joan lo escuchó salir de la casa a la misma hora que él se había despertado para despedir a la jevita que había invitado a «dormir» en la madrugada, antes de que su mamá llegara y le armara el acabóse por estar llevando grillos a la casa y de paso le diera dos galletazos, finalizando con un sermón bíblico acerca de la fornicación y el lugar especial, reservado en el infierno, para los esclavos de la lujuria y la promiscuidad. Saludó a Maicol con una mano y con la otra le agarraba el culo a la tipita, chuleándosela en la puerta con los ojos cerrados como que no había un mañana.

En cambio, Maicol solo miró al cielo pidiendo paz y ciencia callejera. Los aguajes de su hermano a veces le molestaban, pero tenía que admitir que Joan tenía razón cada vez que le decía pariguayo. Algo de tigueraje no le vendría mal si quería lograr bajarle los pantis a Paloma. Quizá los versos nuevos y el road trip pa' Tottenville en la tarde con rock alternativo como música de fondo ayudarían a Paloma a no verlo tan feo ni tan nerd.

Al final de sus turnos se juntaron en el parqueo, ella fumando y él comiendo donas, hablando sobre el desastre que causó el huracán Irma en Puerto Rico, riéndose de los estúpidos que piensan que eso del calentamiento global es una mentira de los científicos.

—Pobres pendejos creen que el fin del mundo solo es letra muerta del Apocalipsis—murmuró Paloma amarrándose los cordones de sus botas negras.

—Sí, ese es el problema—interrumpió Maicol chupándose los restos de azúcar glaseada de los dedos—. El origen del desastre está en el estado frecuente de negación y el exceso de confianza. Es como si fuéramos niños, creemos que, si cerramos los ojos, el monstruo tampoco nos ve. Solo nos volvemos conscientes de nuestra fragilidad cuando la madre naturaleza nos patea el culo, derribando edificios que costaron millones de dólares, ahogando pueblitos enteros con lodo y agua o cuando de pique explota un volcán a medianoche, pero no importa—dijo Maicol con una sonrisa—, los que mueren no son nadie; solo un titular de noticia que no le estorba el sueño a los grandes señores ni al pobre jodido que lo único que le queda por perder es precisamente su propia vida en esta humilde tierra.

—Los que se fuñen siempre son los hijos de Machepa—susurró Paloma tirando el cigarrillo al suelo con los ojos aguados, pero no por pena ajena. Era un asunto más profundo, más íntimo que sólo su diario conocía. Paloma era parte de esa mayoría que existía sin vivir. Una jevita que en sus peores días se dejaba querer de cualquiera porque le había robado en su niñez el respeto al cuerpo un cabronazo que se hacía llamar su tío, el hermano de su mamá, que le ponía la mano bajo el vestido, y ella aprendió a quedarse callada a base de amenazas, una mierda complicadísima que la hizo conocer en su adolescencia la cocaína y las orgías, la maldita vida nocturna de Nueva York. Hacía pocos meses que había completado su programa de rehabilitación y Maicol, el homie de Home Depot, era su pequeño nirvana, el único dominicano que no era un perro, el soñador, el poeta que le escribió el poema al que bautizó «La Cigüapa», inspirado en ella. El único pana que la creía bella.

—Coño Paloma, estamos feos para la foto—suspiró Maicol tomándole la mano a la muchacha, sacándola del recuerdo asqueroso que se había regado en su caco. Ella cerró su mano fría sobre esos dedos gorditos y calientes, se miraron a los ojos y fue la vaina más flai del universo por unos segundos: cruzar el puente del pesimismo a la calle de la esperanza. Si dos pensaban igual, ya no había soledad. Eso era amor del negrito aunque ellos no lo supieran.

—¿A dónde me llevarás hoy?—preguntó ella dejándose guiar por Maicol hasta el Honda Civic azul eléctrico de su hermano. Él quería ofrecerle la luna, Júpiter, la vía láctea y to' las otras estrellas, una villa en Casa de Campo, el desayuno a la cama y por las noches los mejores orgasmos de su vida, pero solo dijo:

—Al lugar más extraño de Staten Island.

Ella asintió y se abrochó el cinturón. Maicol puso música y tomaron rumbo a la Arthur Kill Road, a escasos kilómetros del centro de la ciudad.

Tardaron una hora y media en llegar al cementerio de barcos de Staten Island, el sitio más raro para ir en una cita. Sólo se escuchaban sus pasos pisando la hierba, el crujido de algunas ramas y los grillos estridulando. Esta era una zona olvidada de la ciudad; embarcaciones de todo tipo abandonadas a su suerte que al final iban a parar en los prietos y fangosos fondos para dejar lugar a los barcos «nuevos», que ya en sus últimos días buenos eran abandonados en ese tétrico paraje para que el salitre y el sol los transformaran en polvo y barro. Una metáfora un tanto parecida a una enfermedad llamada depresión, esa maldita plaga bondadosa que nunca es erradicada. Siempre hay nuevas víctimas en la ciudad.

Se sentaron en la hierba húmeda, frente a un buque de carga oxidado, ella descansando su cabeza en las piernas de Maicol y él jugando con su cabello mientras leían un fragmento de La Cigüapa juntos:

Tu belleza es una maldición
que empaña la realidad,
pero yo que te he visto,
escondido entre las ramas,
cuando te bañas en el río,
sé que no eres feliz en las lomas,
alma solitaria.
Tus piernas chuecas nunca han corrido

en la arena de una playa,
tu boca solo conoce
el sabor de los mangos y las guayabas,
pero te quedan otras delicias pendientes:
un dulce de coco o el amor verdadero,
conocer las glorias que solo un hombre
puede mostrarle a tu cuerpo.

Paloma tenía un nudo en la garganta. Ella sabía que estas vainas de ellos, los momentos en silencio que no molestan, reírse de chistes que solo ellos entienden y la tranquilidad anormal de sus pensamientos son algo así como un amor efímero, porque el amor real comienza por los ojos, eso todo el fucking mundo lo sabe y Paloma se sentía como una mierda por todavía ser superficial, ¡pero coño!, muy pocas mujeres en el mundo quieren al gordito tímido del trabajo. Aunque ella no lo quisiera como hombre sabía que él era lo que ella necesitaba y por eso quería darle un regalo, el mejor regalo de su triste vida: su primera mamada. Maicol es demasiado puro como para ir a rapar con un cuero así que ella le enseñaría una que otra cosita por si acaso encontraba al amor de su vida.

Él la miraba asustado, tenía miedo hasta de respirar porque ni en sus mejores fantasías había imaginado a Paloma desabrochándole los pantalones dispuesta a comerle el ripio como toda una experta. Fueron los mejores cinco minutos de su maldita vida: venirse en la boca caliente y aterciopelada de Paloma, la brisa fría en su cara y el perfume de ella que se arrastraba hasta su nariz... Sí, Paloma era la magia de su mundo ordinario, ella sería la inolvidable, él lo sabía. Tenía la sensación de que ella le iba a romper el corazón como nunca, como nadie, pero culpa era del sonido de su risa y el brillo de sus ojos; decían demasiado sin que ella se diera cuenta. Paloma era de las mujeres que nacen para encarnar a Santa Marta «La Dominadora» y dejarte hecho mierda.

Maicol no se atrevía a mirarla a la cara por la vergüenza, tenía los buches rojos y aún respiraba con dificultad. El camino de regreso fue callado, iban tomados de la mano y eso era suficiente. Se despidieron con un abrazo frente al edificio donde se quedaba Paloma.

—Creo que este ha sido el mejor día de mi vida—murmuró Maicol, mirándose las converse sucias de lodo. Ella sonrió y se acercó para besarle la boca. En serio, Maicol es demasiado tierno, demasiado inocente para esta maldita vida, y quizá no fuera su primer beso, pero seguro era el mejor beso que ella había dado y el mejor que él había recibido.

—Nos vemos mañana, míster—se despidió Paloma alejándose por el camino de gravilla, diciendo adiós con una mano, el corazón acelerado.

—No llegues tarde—gritó Maicol desde su lado de la calle—, te llevaré el desayuno.

Por respuesta solo escuchó su risa y el golpe del portón de metal al cerrarse. Esta noche soñaría con ella.

Cuando llegó a la casa su hermano lo estaba esperando en la galería casi cagándose de los nervios, rezando porque no le hubiera chocado el carro. Al percatarse de que todo estaba bien con el Honda pudo respirar como una gente normal, pero lo que le llamó más la atención fue el brillito de comemierda que irradiaba Maicol.

—No me digas que te singaste a Paloma—soltó Joan con una risita orgullosa, metiéndose las manos en los bolsillos de los pantalones. Maicol con su gesto típico, miró al cielo y negó con la cabeza, pasándole las llaves.

—Ah no, verdad—corrigió su hermano—, ella te rapó a ti.

—Un caballero no habla de lo que hace o no hace con una dama—contestó Maicol yéndose para la cocina a atragantarse con un vaso de morísoñando.

—Eso, mi rey—dijo Joan sentándose en la meseta al lado de su hermano—, es una jabladuría. Todos los hombres hacemos consenso para hablar sobre los tipos de culos, los polvos memorables y los no tan memorables.

—Sí, sí—dijo Maicol con una sonrisa que Joan tenía muchos meses sin ver, yéndose a su habitación—, whatever, te quiero brother, duerme bien.

Paloma estaba cambiando a Maicol, eso era bueno. Ojalá ella fuera la indicada, ya se hacía justo un chance para el muchacho.

Pero como la felicidad del pobre dura poco, Paloma nunca llegó al otro día. Ya Maicol comenzaba a pensar que lo de él era fukú sin zafa; ella no le contestó los mensajes ni las llamadas, pero no era por arrepentimiento, como él creía. Lo que en realidad pasaba es que en el preciso momento que él sintió la urgencia de llorar solo en el baño, Paloma dejaba de respirar al lado de su cama.

Al final la depresión y sus demonios ganaron la batalla. Mientras Maicol dormía y soñaba con el futuro, Paloma se drogaba. Él nunca sabría qué la había llevado a una recaída en la cocaína, pero lo seguro era que no siempre el que parece ser feliz, realmente lo es.

Joan no se creía lo que acababa de escuchar al teléfono; era la mamá de Paloma, gritando como loca que su niña estaba muerta, la había encontrado después de llegar de su trabajo en el hospital.

—Coño—susurró Joan, pasándose las manos por el cabello, nervioso—, lamento su pérdida señora.

Esa mierda no podía ser verdad. La última jevita de la que se había enamorado su hermano acababa de morirse por una sobredosis. Paloma se había pasado de crack y lo peor era que ni aparentaba ser una de esas. Joan ya empezaba a entender lo que le había dicho su hermano una vez:

—La gente bonita es un peligro, no sólo para mí sino para ellos mismos. Lo que se ve afuera nos impide muchas veces ver lo jodidos que están por dentro, pero tranquilo brother, tú no vas a llorar mucho en esta vida. Tú eres de los que nació para hacer sufrir, tienes el amor de cualquier mujer asegurado y no es tu culpa—murmuró Maicol, apretando la mano de su hermano—. Simplemente te tocó nacer para martillo y por eso del cielo te caen los clavos.

Joan tenía que ir a buscarlo, pero no sabía cómo iba a decirle la mala noticia. Encontró a Maicol en el parqueo del Home Depot con los ojos hinchados de llorar y un ramo de rosas en una mano. Ya se había enterado. A Joan se le aguaron los ojos y solo pudo abrazarlo.

—Yo sabía, brother, sabía que ayer era nuestra despedida—murmuró Maicol apoyando su cabeza en el hombro de su hermano—. Algo me decía que no íbamos a tener un final feliz, pero como el amor pone a uno pendejo, preferí creer que eran vainas mías, imaginaciones del maldito pesimismo natural del que soy esclavo.

Joan se quedó callado, porque, ¿qué diablos le puede decir uno a quien ha perdido a su mejor amigo? ¿A la única persona en el universo que podía entenderlo aún sin palabras y al probable amor de su vida? La respuesta es, nada, no hay nada que decir, es un dolor inimaginable que solo la carne propia puede describir.

Manejar hasta la Scamardella Funeral Home era lo peor que le había tocado hacer en la vida, pero tenía que hacerlo. Maicol le aseguró todavía tener las fuerzas para ir a verla por última vez. Se había calmado mirando por la ventana, afuera llovía y la nieve estaba sucia, era como si el mismo mundo lamentara la muerte de Paloma.

—No tienes que entrar conmigo—dijo Maicol mirando a Joan por encima del hombro antes de salir del carro—. No voy a durar mucho, a Paloma no le gustan las despedidas largas.

Joan asintió, apretando las manos sobre el volante. El cabrón era más fuerte que cualquiera a pesar de estar más jodido que la mayoría; lo vio enderezar los hombros, sacar el pecho y tomar una bocanada de aire. Parecía que iba a pedirle amores a Paloma y no a despedirse de sus restos. Caminó con la frente en alto y entró a la casa funeraria donde solo lloraba la mamá de ella. No había nadie más que ellos tres allí, ninguno de los ex de Paloma había llegado y lo único que realmente le encojonaba era saber que ninguno vendría a honrarla a pesar de haber sido parte de su vida. Ella merecía más flores de las que había, ella merecía ser llorada hasta el cansancio, merecía haber vivido otro rato más, lo suficiente para cumplir sus sueños: visitar Japón y África, bailar ballet en la Plaza Navona, aprender a tocar el piano, correr desnuda por la playa de Copacabana y también cosas regulares como casarse y ser mamá... ella solo quería ser normal, dentro de sus posibilidades.

Se acercó al féretro con las manos temblorosas, intentando poner una sonrisa y susurró a modo de despedida:

—Lo hiciste bien Cabral, tu existencia breve será la biografía más cool del planeta, te lo prometo.

Será un honor seguir escribiendo sobre ti, visitando cada esquina de los lugares de los sueños que se te quedaron pendientes.

Maicol deslizó un dedo sobre la ceja de su mejor amiga y la sintió fría. Aunque era difícil admitirlo, ella nunca volvería a abrir sus ojos, pero era necesario hacerle saber que seguía viéndose bonita con el pelo suelto sobre los hombros, el pintalabios rosado y el vestido blanco de flores, ella lo escucharía en la otra dimensión, de eso él estaba seguro.

—Hasta luego, Paloma De Los Santos Cabral— susurró con la voz quebrada—, sigue siendo hermosa en la otra vida.

Dejó el ramo de rosas sobre el féretro y se marchó.

Cuando volvieron a casa por la madrugada después de haber recorrido los lugares favoritos de Paloma, Maicol se encerró en su habitación sin siquiera pedir la bendición a su mamá, que lo miró con lástima desde el sofá. Encendió la computadora como un autómata y escribió limpiándose las lágrimas con las mangas del abrigo:

—Para otros quizá solo fuiste un culo más Cabral, pero para mí fuiste la tipa más jevi de Staten Island.

Esas palabras marcaban el inicio de una larga historia: una versión moderna de Romeo y Julieta, la vida sin gloria de los hijos de Machepa... La elegía de Cabral.

LOS PERROS DE DIOS

Hermano, una vez me preguntaste: ¿qué era la vida? Y me quedé callado, quizá porque en aquel entonces no comprendía qué era precisamente vivir, estaba seguro que tenía que ser algo más que existir y que el amor no es singarte la tipa que te gusta, no es decirle: baby, te amo, cuando te acuestas pensando en otra, en tu ex a la que todavía le meterías un pedazo si tuvieras oportunidad o en alguna muchacha que viste en el colmado usando unas licras que dejaron poco a la imaginación, esa vaina es mentir. Empecé a entender que el mundo es lágrimas, unas de alegría y otras de tristeza, que el dinero siempre es lo más importante hasta para asegurar el cariño de tus padres. El hijo favorito siempre es el más próspero no el que menos jode; el más adorado será el que más dinero ponga encima de la mesa, aunque duela tirártelo así en la cara, brother, eso es la vida. Pero no te sientas jodido, hay ratos que valen la pena: reírte con los homies bebiéndote un jugo que te prepara la abuela, enseñar a otros las cosas que tú sabes y ellos no. Hay pequeñas glorias en lo cotidiano; tener tus cinco sentidos intactos, escuchar la lluvia explotando el techo de zinc, sentir el frío que eriza la piel cuando le haces el amor a tu jeva, caminar una tarde por el malecón oliendo salitre, dulce de coco y el humo de los carros en la avenida, escuchar el canto de tus hijos o que simplemente alguien diga tu nombre. Saber que no estás solo en la lucha que supone sobrevivir a la pobreza, tampoco cuando el alma te duela porque me tienes a mí, aunque no te diga tan seguido que te quiero, porque el machismo nato del dominicano impide un abrazo sincero alante de la gente entre dos hermanos. La vida es lo que pasa afuera, más allá de la ventana, cada vez que duermes, cada vez que sueñas, que te deprimes y crees que no vales nada, la vida es esa que no se detiene, así que párate del piso, límpiate el polvo de los pantalones y quita el sudor de tu frente, pero nunca escondas que lloraste o sufriste porque eso, justamente eso te hace el cabrón que eres hoy: la mejor versión de ti, casi invencible, pero mortal, sensible y consciente de tu debilidad. La vida eres tú y lo que decides hacer con ella... Y no es que esté romántico o fumado, es que he crecido y entendido que la vida no es perfecta, pero te aseguro que vale la pena vivir cada bendito segundo de ella aunque sea una locura, porque es la locura más bella a pesar de que al otro lado de su filo encuentres la tragedia. La vida no es tan mierda como a veces la describe la queja ni tan hermosa como nos la venden en un spot turístico. Somos un reguero de contradicciones, de dudas y preguntas sin respuestas, somos ley y desorden, los creadores de la cultura del mañana, un ejemplo de evolución y el axioma de que somos estúpidos por naturaleza, creando guerras por pedazos de tierra, por petróleo y oro. Somos simples esclavos del dinero y del qué dijeron. En algún momento fuimos soñadores, inmigrantes, locos, pero sobre todo somos humanos, creyentes, agnósticos y ateos. Algunos son pájaros machos de closet, maricones libres de barrio y transgéneros atrapados. Somos las cosas que todavía nos faltan por descubrir, somos verdad y mentira, negación y aceptación. Somos una banda de sinvergüenzas con cara de serios, pasivo-agresivos. Somos parte de esta isla bella y corrupta, somos los perros de Dios que corretean con hambre por el Edén, fieles fanáticos de partidos políticos que solo nos han hecho ricos de promesas y pobres de realidades. Somos los muchachos de Abenuncio y los hijos de La Gran Puta, somos prietos, blancos y mulatos... Somos dominicanos.

FUCKBOY: MANUAL PARA PENDEJAS

Habían pasado ya dos años de la muerte de Paloma. Mi hermano se había ido de la casa para iniciar su carrera en literatura en la Penn State University, becado con todas las de la ley. Probablemente fue el segundo mejor día de su vida; recibir la carta de aceptación. Mami y yo lloramos como niños y él nos sonrió por primera vez en un año. La vida comenzaba a ser buena para él. Había rebajado como cincuenta libras y ya no usaba afro. Estaba en el camino próximo a convertirse en un hombre nuevo, pero yo... Yo seguía siendo y haciendo la misma vaina de siempre; llamando a Natalia por las madrugadas, fumando yerba escondido de mami y jangueando en las discotecas, buscando algo que todavía no sabía qué era.

Anoche volvimos a pelear después de rapar. Natalia quiere exclusividad, pero a mí sólo me interesa comerle ese culo sin preocupaciones ni obligaciones.

—Joan, yo no puedo seguir en esto—murmuró encojonada, poniéndose la ropa de mala gana.

—¿En qué, Natalia? —pregunté como el que no tiene la más mínima idea de lo que le están hablando.

—Viniendo para acá a meterme escondida de tu mamá para la habitación como si yo fuera querida tuya o, ¿tú te piensas que doña Marta no se da cuenta?

—Si ella sabe, se hace la loca entonces—contesté bostezando, acomodándome en la cama—, porque a mí no me ha dicho ni jí.

—Es que ella no se atreve. Esto hasta vergüenza ajena da, pero yo soy peor que te sigo cogiendo la llamada.

—¿Qué te digo, bebé? Tú tienes tus necesidades y yo las mías.

—Esa actitud tuya, coño, es que me saca de mis casillas. A ti no te importa más nadie aparte de ti mismo, ¿verdad?

—Mi amor, ¿tú te viniste o no? —pregunté aburrido de su jodedera.

—Vete a la mierda, Joan.

—Te llamo después—murmuré con una risita que sabía que a ella la ponía histérica. Natalia le dió un estrallón a la puerta que seguro despertó a medio vecindario. Yo me arropé y me dormí tranquilo.

Mami me despertó a la hora de la comida y se quedó mirándome largo rato con los ojos tristes.

—Joan, yo espero que algún día puedas encontrar lo que estás buscando, antes de que sea demasiado tarde...

—¿Tarde para qué, mami?

—Para el arrepentimiento, mi hijo—murmuró con la voz ronca de estar aguantándose las lágrimas, bebiéndose el café de su taza.

Yo sabía lo que mami estaba recordando ahora: su vida de muchacha en dominicana. Se casó a los diecinueve años con un hombre que ella no quería solo para guardar las apariencias; le parió dos muchachos y le aguantó golpes; le planchó las camisas y se curó las infecciones vaginales con remedios caseros; intentó ser una buena esposa, aunque cada noche se durmiera pensando en el verdadero amor de su vida: Nicanor Mateo, un simple mecánico de Puerto Plata, el tipo de la sonrisa perfecta, como ella le decía. Quién debió ser, pero que al final no fue, mi padre y su final feliz. Pudo más en su vida el ¿qué dirían los vecinos y sus amigos? Una muchacha de clase media alta no podía darse el lujo de pasear por el parque con un pataporsuelo. Sé que mami tiene miedo de mis locuras, de no saber a dónde voy ni lo que estoy haciendo, tiene miedo de que yo termine siendo un infeliz. A veces se quilla pensando que voy a llegar un día con una tipa preñada a mudársela a la casa. Otro día me dice que me van a pegar el SIDA o que me va a matar el marido de algún cuero de «esos». Ella sabe cómo es mi relación con Natalia. Hay otras mujeres que vienen a pasar el rato, pero Natalia es la de siempre aunque no seamos algo oficial.

—Traten de no dañarse mucho, Joan—me aconsejó—. Ustedes ya están peleando demasiado y ni siquiera están casados.

—No te preocupes, mami—le respondí con una sonrisa, mirándole la cara cansada—, algún día voy a enamorarme de verdad y tú no vas a soportar a tu nuera.

Mami me regaló una sonrisa y antes de irse me

dio un beso en la frente, como siempre hacía desde que yo era un carajito. Es su forma de decirme «te quiero» sin palabras, es tierna a su manera, rara, heredera de una crianza estricta que al pasar de los años fue dejando salir por la ventana de la casa. Algo la había hecho perder la pasión por Cristo en estos últimos meses... Quizá la vida misma, las noticias de la BBC o haberse enterado de que Nicanor había muerto de pulmonía en Nagua con apenas cuarenta y nueve años. Ella me decía que sabía que el tipo nunca la había olvidado, porque no se casó ni tuvo hijos en la calle Su adicción al Marlboro lo mató y así mismo se murió la esperanza de mami de volver vieja, pero contenta, a su tierra, a revivir el amor adolescente. El amor de ellos fue de antes, con carticas, flores y escapadas a media noche, de ese amor que se queda para siempre en la memoria y te jode. Puede ser que la mudanza de Maicol la tuviera deprimida y cualquier cosita la pusiera a llorar más de la cuenta. El pichón había volado primero que yo del nido y no dejaba de ser sorprendente.

Llamé a Natalia, pero no contestó, así que decidí cambiarme para ir al gimnasio un rato a despejar la mente con los panas. No tenía ganas de interpretar la molestia que tenía encima desde que ella salió de mi habitación sin decirme «I love you», como casi todos los días. Levanté ochenta libras como si no fueran nada, me reí de los chistes sin gracia del personal trainer y volví a la casa cuando ya mami se había ido a trabajar. Enrolé uno escuchando a Bob Marley y le mandé un mensaje a Sasha, mi vecina del culo asombroso: una morena que hace striptease para pagarse la universidad. Me tocó la puerta como a los diez minutos vestida con una camiseta manchada de pintura y unos pantaloncitos que dejaban poco a la imaginación. Ella realmente es la definición de una diosa etíope, con sus dreadlocks y el arete en la nariz. Estudia ciencias políticas, aunque por la noche tenga que olvidarse de la moral. Nos besamos y terminamos singando en la sala-comedor, con la estatua de la Virgen María que mami tiene puesta en una repisa viéndonos. Y si, lo sé, soy un enfermo, soy adicto a las mujeres hermosas. Cuando terminamos le ofrecí un café y galletas de mantecado. Me pasó los dedos por el cabello y casi me dormí en sus muslos calientes, pero recordé que todavía no le había pagado y me paré para buscarle cien dólares. Sasha no es fea, así que no vende su culo barato, es toda una pro en lo que hace.

—Today was good baby—dijo Sasha, poniéndose la camiseta para irse—, you left me a little sore but don't worry, sometimes I like it a little rough.

Me reí de su sinceridad y la acompañé a la salida, todavía me quedaba algo de caballerosidad en el cuerpo.

—Take care, babe—me despedí y cerré la puerta. Volví a quedarme solo.

Pasaron los días hasta convertirse en semanas sin que Natalia viniera a la casa o yo fuera a la de ella. Tardamos quince días para extrañarnos y cuando volvimos a vernos en su casa no fue nada especial; comimos pizza viendo una película y yo le metí la mano debajo del pantalón de pijama solo para descubrir que no tenía pantis. Ella me conoce lo suficiente como para saber que iba a tocarla aun habiéndole prometido que solo sería «una tarde de amigos». Gritó mi nombre como una loca cuando se vino y yo le mordí el cuello en un arranque de ternura. Me parecía demasiado bonita cada vez que se sonrojaba al excitarse. Me gusta más que la mayoría porque sabe de música y de libros. No es una jevita vacía, tiene el cerebro amueblado de cultura, de historias fantásticas y de esperanzas, pero su único defecto es el mismo de todas las mujeres: tiene mal genio y sueña con el amor verdadero.

—¿Quieres saber algo?—me preguntó mirando al techo de su habitación—yo siempre me enamoro de la persona equivocada.

—Anjá—murmuré, sentándome en mi lado de la cama para verla mejor—¿ y qué tú me quieres decir con eso, Natalia?

—Que tú eres cruel.

Me eché a reír y me crucé de brazos, ya yo sabía por dónde venía ella.

—Coño, Natalia tú podías haberme dicho otra cosa, pero cruel no. Tengo diez años de mi vida contigo. Nos conocimos en octavo curso, te dí tu primer beso en tu fiesta de quince años, te llevé al fucking baile de graduación—contesté a la defensiva—, esperé a que cumplieras la mayoría de edad para quitarte la virginidad, aunque más de una vez te me encueraste a escondidas de tu papá en tu casa y hasta le caí a golpes a tu ex por decirte cuero, una vaina que tú sabes casi me hizo caer preso. De verdad, no sé qué diablos más quieres de mí.

Natalia se quedó mirándome con los ojos aguados y se echó a reír como si con eso pudiera engañarme y esconder sus verdaderas emociones. Yo sentí un nudo en la garganta, pero no sabía hacer otra cosa que no fuera hacerle daño. Realmente yo no estaba listo para dejar mis andanzas y ser un buen hombre para ella, al menos por ahora no.

—Quiero estabilidad, Joan, pero eso es algo que tú nunca vas a poder darme... Quisiera poder ponerle un nombre a esto que tú y yo tenemos.

—Natalia, hay cosas que no necesitan un nombre para *ser*—dije intentando rechazar sus ideas tradicionales de pedir amores y regalar flores. Ella negó con la cabeza y se limpió una lágrima. Era la misma escena de siempre: ella llorando y yo poniéndome el pantalón para irme.

Tengo claro el hecho de que las mujeres necesitan ponerle nombre a sus acciones, les reconforta y así logran callar la vocecita en su cabeza que les dice cuando están solas: «te estás comportando como

una sucia, como un cuero que no merece respeto».
Son sentimentales y a veces impulsivas por el tipo
que les gusta; nosotros singamos, pero ellas nos
hacen el amor. A Natalia le gusta leer entre líneas y
suponer qué soy o qué haremos, que hay un futuro
más allá de su habitación o la mía, pero no. La realidad es que no voy a ponerle un anillo en el dedo,
estamos bien así, a lo loco, creando memorias para
cuando lleguemos a viejos poder sonreír porque
vivimos e hicimos por un rato lo que nos dio la
gana sin seguir las costumbres de lo moralmente
correcto, o al menos eso me dice mi cerebro.

—El ser humano necesita algo en qué creer
para mantener la calma, Joan—me dijo como si
me hubiera leído la mente.

—¿En qué crees, Natalia?—pregunté, a pesar de
que ya sabía la respuesta—¿Qué es lo que te ha dado
tranquilidad en todos estos años? ¿Mandarme a la
mierda cada vez que puedes?

—No, lo que pasa es que yo estoy loca y tú eres
un sinvergüenza—me contestó sin titubeos—, pero
también creo que me quieres. Lo que pasa es que te
faltan cojones para admitirlo porque le tienes miedo

al compromiso y a los sentimientos que escapan de tu control. Creo que eres narcisista, irresponsable e inmaduro, que a veces eres lo peor que me ha pasado en la vida, pero mis mejores recuerdos son a tu lado, así que también creo que no eres tan malo... Pero tú, ¿en qué piensas Joan, para vivir tu vida así?

Hasta hoy no había entendido el increíble poder de un buen orgasmo sobre una mujer como Natalia. Se vuelve frágil y honesta, baja la guardia hasta contarme sus más íntimos deseos, me deja ver su alma y me da miedo.... Tengo miedo de su inocencia a pesar de hacerle mil rastrerías a su cuerpo. Tengo miedo de la capacidad que tiene para hacerme sentir mal conmigo mismo.

—Natalia, nosotros todavía somos muy jóvenes para entender el amor. La mayoría de las veces confundimos el deseo con el cariño, la obsesión con los celos y la buena amistad con el coqueteo. En resumen, no estoy listo para sentar cabeza con nadie.

—Tú nunca vas a estar listo para tomarte la vida en serio—suspiró Natalia poniéndose una camiseta.

—Tú sabes bien lo perro que soy yo—dije como

apología al desaire que le estaba haciendo—. Contigo no tengo que aparentar algo que no soy.

—Si, claro y justamente por eso creo que lo mejor sería que dejáramos de vernos—me contestó poniéndose un anillo que sacó debajo de su almohada—. En un mes me caso con el alemán.

Me quedé callado, mirándola, porque se supone que la mujer que está a punto de casarse está más feliz que un chicle pegado en el pajón de una loca, no así; con los ojos hinchados de dar gritos por otro hombre y con el toto adolorido por culpa de un amigo.

—Felicidades—fue lo único que pude decir, mientras pensaba en lo palomazos que somos los hombres comparados a una mujer; yo guardaba condones y lubricante bajo mi almohada, Natalia guardaba promesas y cosas serias.

—No te lo había dicho antes porque tenía la esperanza de ser algo más que un agarre contigo— me confesó con una risita irónica—. Por ti habría mandando al alemán con to' y boda pal carajo, pero es como decía mamá: de sueños no se vive.

—Y de amor nadie se ha muerto todavía—le dije.

Ella me miró casi con odio y susurró:

—Ojalá aparezca una azarosa en tu vida de la que te emperres y te deje. Eso es lo único que te deseo en esta vida.

—No, Natalia—negué con una sonrisa—, lo que tú quieres es ser la azarosa que me cambie la vida, no te engañes.

Natalia respiró hondo y sonrió igualito a la loca protagonista de la novela *La usurpadora*. Ella es de esas mujeres que se ríe cuando está a punto de decirte algo que podría hacerte cagar en los pantalones.

—Hazme el favor y acaba de irte—murmuró—, antes de que se me acabe la maldita paciencia y me pare de aquí para arrancarte el güebo con las manos.

La miré una última vez y sentí pena por ella. Estaba siguiendo los mismos pasos de mami, creando una vida nueva a base de mentiras, una felicidad de papel, una estabilidad que se iría a la mierda dentro de unos años cuando se diera cuenta de que le faltaron cosas que hacer, risas sinceras por compartir, caricias reales por dar y recibir, cuando se dé cuenta que le faltó ser más mujer que una buena esposa.

—Dios quiera que tú no te arrepientas de lo que quieres—le advertí terminando de ponerme la ropa.

—No te preocupes Joan, que eso va a ser problema mío.

No dije más nada y salí de su casa y de su vida tranquilo. La dejé tener la última palabra y sentí como si me hubiera quitado un peso que no sabía que tenía encima.

Esa misma noche salí con los panas y terminé en la cama con una argentina que decía ser italiana. Nada más olía a cigarrillo y a perfume barato, pero no me importó mucho. Hacía más bulla que el carajo, como si nunca hubiera singado y fuera una maravilla de ripio lo que tenía dentro. Quizá nunca había estado con un dominicano. Se vino dos veces antes de que yo pudiera siquiera venirme una vez. Cuando terminamos quería abrazarme, pero yo le dí la espalda, como a las otras. Yo no estaba de ánimos para vínculos emocionales. Oficialmente había vuelto a mis andanzas, más perro que nunca. Mami no me decía nada cuando me veía llegar con una jeva nueva a la casa, solo se trancaba en su cuarto y se olvidaba que el mundo existía. Estaba jarta de mí, aunque nunca lo había dicho en voz alta. En cuanto a Natalia, pensaba en ella todos los días antes de dormirme. ¡Jesús! Todavía me hacía pajas pensando en ella, en su cuerpo, cada vez que me despertaba solo en las madrugadas o por la tarde.

Ya teníamos siete meses sin contacto. Me bloqueó de todas sus redes sociales y borró mi número de su teléfono. Me enseñaron fotos de su boda y la verdad es que se veía preciosa, pero triste. No sonreía como en sus días conmigo y no me mal entiendan, no es que me crea haber sido lo mejor de su vida, pero al menos cuando «fuimos» su risa no era fingida. Volví a verla por pura casualidad o fatalidad del destino una tarde, saliendo de un supermercado. El alemán la veneraba con la mirada, le sonreía como un estúpido enamorado, y ella caminaba por la vida distraída, ocupada con los recuerdos de su pasado hasta que un movimiento del bebé que cargaba en la barriga la hizo hacer una mueca tonta. Natalia se veía tierna con el vestido floreado, bronceada por el verano y las tetas hinchadas en ese escote apretado.

Me quedé congelado, no por la sorpresa de su embarazo sino por el aire casi angelical que se desprendía de ella. Natalia era madre. Ese era uno de los sueños que ella quería que yo le cumpliera, ser eso que ella es hoy con el alemán. Me puse a llorar como un niñito adentro del fucking carro, de rabia, de celos, de miedo. ¿Y si al final yo estaba equivocado y ella lograba ser radicalmente feliz al lado del tipo ese? Seguro que si Maicol me viera ahora mismo me diría:

—Maldito idiota, felicidades. Dejaste ir al amor de tu miserable vida.

De impulso cogí mi celular y marqué su número en restringido, esperando escuchar la voz monótona de una operadora diciéndome: lo sentimos, el número que usted ha marcado está fuera de servicio... Pero no, no pasó, y lo que escuché fue la voz dulce de Natalia. Y eso sólo podía significar una cosa: que no cambiara el número después de tanto tiempo es porque estaba esperando mi llamada.

A mí se me aceleró el corazón como nunca mientras ella preguntaba quién era una y otra vez.

—Te ves hermosa, bebé—susurré, limpiándome

los mocos como un carajito de cinco años que le han quitado su juguete favorito.

—Ah, sí... se me olvidaba, pero gracias por recordarlo—contestó con una risita que me puso los pelos de punta. No entendí su reacción. Yo estaba esperando que ella me mandara a la mierda o que simplemente colgara la llamada, pero me di cuenta que me estaba hablando en código porque al lado estaba el marido.

—Nos vemos hoy en tu casa, entonces—fue lo último que me dijo antes de terminar la llamada. Yo, por mi parte, solo pude agarrarme la cabeza y mirar mientras se iban agarrados de mano.

—Hoy me lleva el diablo o me salva el santo.

Por primera vez en mi vida no tenía el control absoluto sobre la mujer que quería. Natalia podía hacer lo que quisiera conmigo en estas condiciones, caerme a galletas y halarme los cabellos cuando me viera, quemarme la ropa o romperme el celular. Podía rayarme el carro con las llaves y partirle los cristales a batazos, insultarme como le diera su maldita gana en nombre de todas las otras a las que le hice la vida un martirio; prácticamente la dejaría darme una pela alante de mami y estaría encantado.

Cuando volví a la casa, mami me recibió con un pedazo de flan de auyama al que no le puse la boca. Estaba demasiado nervioso y ella se dio cuenta.

—Y a ti, ¿qué te pasa ahora?—me preguntó, llevándose su plato al fregadero—. Tú tienes la cara como el que vio al pájaro malo y sobrevivió.

—Mami, vi a Natalia hoy.

—¿Y? Ustedes a cada rato se botan y vuelven. ¿Qué es lo diferente ahora?

—Que ella está embarazada.

A mami se le cayó el plato y se volteó con la boca abierta.

—Ave María Purísima—murmuró, levantando los brazos al cielo—. Este muchacho va a acabar conmigo. ¿Tú me estás diciendo a mí que tú nunca te paraste a pensar con la cabeza de arriba en vez de con la de abajo para ponerte un condón?

—Ma...

—Mami nada, ¡coño! Si esa barriga es tuya la vas a mantener, yo no voy a dejar que maten un nieto mío.

—Marta, ¿tú crees que yo soy tan desgraciado para pedirle a Natalia que se saque esa barriga si es mía?

Mami se quedó callada un rato y me miró de arriba a abajo como eligiendo lo que me iba a contestar con mucho cuidado.

—¿Entonces tú dudas que sea tuya?—me preguntó, cruzándose los brazos encima del pecho.

—Ella está casada y teníamos más de medio año sin vernos.

—Pobre hombre—susurró llevándose una mano temblorosa a la boca—. Ruégale a Dios que ese bebé no sea tuyo para que a ella no la maten a golpes o a tiros y tú no tengas que coger un vuelo para Santo Domingo.

No dije nada y me fui para mi habitación, rumiando las últimas palabras de mami y como un mariconazo empecé a llorar de nuevo, con la cabeza enterrada en una almohada que todavía tenía el perfume de la última mujer con la que estuve. Sentí rabia conmigo mismo, porque a fin de cuentas Natalia ganaba; ella había sido todos mis deseos, todas las mujeres que me singué con su recuerdo en la mente, todos los besos que di buscando encontrar el mismo sabor de sus labios, todas las otras fueron Natalia sin saberlo, cada vez que la extrañaba. Me había enamorado sin darme cuenta y recordé que por primera vez en la vida mi hermano se había equivocado conmigo, falló su predicción de que nunca iba a sufrir por una mujer. Yo no soy un bastardo sin corazón, en el fondo no soy esa bestia indomable que todos creen... Soy humano... Soy un hombre y fui estúpido.

Aparentemente de dar gritos me había quedado dormido y ni cuenta me di, lo único que sabía ahora era que me dolía la cabeza y que había alguien en la puerta tocando el timbre. Honestamente no quería salir de estas cuatro paredes y poner una sonrisa que en realidad no siento en la cara, pero ¿qué otra cosa podía hacer yo? ¿Dejar que quien sea me viera como un toto de hombre, amargado por una mujer? No. Deseé con pasión que ojalá y no fuera una de las locas que conocí en el night club el fin de semana, no estaba de ánimo para hacer coro con nadie. Yo lo único que quería era dormir, que me dejaran tranquilo, cambiar el número de teléfono, mudarme a Marte, que el diablo me llevara o que me partiera un rayo. Tanto así fue, que Natalia me alteró los chakras, el dharma, el presente y el futuro... El maldito karma al fin había llegado a morderme como un perro rabioso.

Abrí la puerta y ahí estaba ella, sonriéndome como si yo fuera su mejor amigo, ese al que ella extrañaba con locura en estos últimos meses, como si en realidad nosotros no estuviéramos a punto de empezar una guerra en la sala de mi casa, como si no fuéramos a llorar y su visita fuera una tregua del sufrimiento, para dejar en claro que lo de nosotros no es amor, que es una dependencia enfermiza que creamos desde la adolescencia, pero que no nos importa querernos de esta forma rara aunque implique hacernos daño.

—Tú nunca vas a dejar esa maña de dormir por la tarde—me dijo, entrando con la misma confianza de siempre en mi vida—, por eso es que das tantas vueltas para dormir en la noche.

Me quedé mirándola en silencio, genuinamente maravillado de su simpleza, de que todavía tuviera pendiente mis manías y de que no me había puesto la mano encima como pensé que haría desde que me tuviera en frente. Natalia estaba cambiando.

—¿Llegué en mal momento?—preguntó, sentándose en el sofá—. ¿Tienes alguna tipa metida ahí adentro?

Me eché a reír sin muchas ganas y me senté al lado de ella, aspirado su perfume, dejando que mi rodilla rozara la de ella sin intención de coqueteo alguno, simplemente era costumbre, naturalidad entre nosotros.

—No—respondí, mirando su perfil—. Por increíble que parezca, estoy solo en la casa, cero toto, no cueros. Estoy en plan de rehabilitación.

—Joan, acuérdate que los vicios no desaparecen, se controlan por cierto tiempo—me contestó haciendo uso de esa inteligencia que siempre me pareció sensual. Tuve que resistir la urgencia de sentarmela en las piernas y besarla, así que me limité a ponerle la mano en la panza tibia con miedo a su reacción, pero ella no hizo nada, solo se puso tensa un momento y al rato sentí como se movía el bebé que traía dentro.

—Es un niño—susurró poniendo su mano sobre

la mía, mirándome a los ojos, donde seguro ella pudo ver el pánico de la duda—, pero despreocúpate, Joan, que este bebé no es tuyo.

—¿Cómo tú puedes estar tan segura de eso?

—¿Se te olvida que yo nunca estuve contigo sin protección?—me dijo con un toníto sarcástico—. Yo no estaba tan loca como para dejarme embarazar por ti, además me iba a doler demasiado parirte un muchacho por el cual yo iba a tener que estarte rogando visitas o yendo a una corte a poner pensión hasta que a ti te diera la gana de reconocer tus responsabilidades voluntariamente. No me iba a perdonar traer un niño inocente al mundo para ponerlo a sufrir por ti también.

—Entonces... ¿Eso quiere decir que tú estabas embarazada la última vez que estuvimos?—pregunté, sintiendo un golpecito suave en la palma de la mano.

—Sí, ya tenía un mes y medio... ¿Por qué tú crees que acepté casarme? ¿Porque estoy enamorada? Por Dios, coño, no me hagas reír.

Después de todo el bebé no es mío, pero por alguna razón, no sentí alivio ni alegría, era como si en el fondo yo hubiera estado esperando haber creado esa vida con ella en medio de nuestra locura, saber que al final algo bueno había resultado de nosotros dos, pero no... El destino esta vez fue sabio e impidió lo que habría sido nuestro mejor desastre.

—No tenías que casarte.

—Joan—suspiró como el que está luchando por no perder la paciencia—, yo no podía seguir haciendo lo que tú querías. Yo ya te había esperado demasiado y el alemán no es malo, no tenía razones para rechazarle el anillo, pero aun así te di un último chance, te lo dije Joan, te dije que si tú me lo pedías en ese momento me dejaba del alemán, pero tú te fuiste sabrá Dios a singar con alguna loca. Ahora no quieras decirme lo que se supone o no debí haber hecho.

—¿Y esa mierda te hace feliz? ¿Tener que soportar a diario a un tipo que no te hace sentir nada?

—A nadie le gusta la soledad Joan, y en mi caso, la verdad es que no estoy mal acompañada, así que ¿por qué iba a quedarme sola? Es más, tú mismo sabes que yo sería una estúpida al dejar lo más por lo menos. Lo de nosotros nunca va a funcionar, ya he llegado a términos con eso, pero no quita el hecho de que quiera volver a verte y hacerte el amor de vez en cuando.

Por primera vez en mi vida me sentí sonrojar como un pariguayo. ¿A dónde diablos estaba la Natalia tímida? La que me decía al oído con un susurro casi ininteligible que quería mi lengua entre sus piernas. Quizá eran vainas de las hormonas o qué sé yo, quizá era un antojo de su cuerpo y yo no sé lo iba a negar.

—Ah—suspiré—, ¿entonces esto es algo así como un ojo por ojo y diente por diente?

—Tal vez—me dijo, poniéndose de pie para soltarse el nudo que le agarraba el vestido, quedándose gloriosamente desnuda delante de mí en segundos. Se me hizo la boca agua mirándole los senos, las líneas de su cuello y la dureza de sus clavículas; llevaba el pelo suelto y su piel estaba brillando, dorada, pidiendo ser tocada. Las cosas de nosotros nunca habían sido normales, así que no sentimos culpabilidad por el irrespeto al voto de fidelidad de su matrimonio. Nos besamos lento, dejando que la saliva resbalara por la comisura de nuestras bocas, como si fuera la primera vez después de mucho tiempo y de muchas decepciones que haríamos el amor con verdadero deseo. Natalia me estaba clavando las uñas en la espalda, no se quedaba quieta, me rascaba la nuca y me chupaba el cuello, gemía, me tiraba del cabello y me apretaba la erección en su puño caliente, básicamente me estaba volviendo loco. Ni siquiera nos dimos cuenta cómo ni cuando llegamos a mi cama, pero lo que sí sabíamos era que esta vez era diferente a todas las veces anteriores, nos tocábamos como si no quisiéramos olvidarnos, porque esta vaina era el presagio de la despedida correcta, la forma perfecta para dejarnos ir.

Natalia me tenía justo donde quería; desnudo, sudado y vulnerable, empujando despacio en medio de sus piernas totalmente entregado. Yo ni quería abrir los ojos por miedo a entender la realidad de lo que estábamos perdiendo. Solo sentía cada reacción de su cuerpo y al fin me encontraba en paz conmigo mismo porque su olor, sus formas, sus sonidos en mi oído, sus mordidas y su lengua más su orgasmo conmigo, era todo lo que yo necesitaba hoy para calmar la vocecita en mi cabeza que susurraba qué tanto la había cagado en todos estos años. Salí de su cuerpo sintiéndome raro, ligero y con necesidad de contacto físico por un rato más, no quería despegarme de ella y yo sabía que ella se había dado cuenta de mi ñoñería entonces me dio la espalda y me dejó rodearla con un brazo y una de mis piernas, tapándome la cara con su cabello, como el que no quiere saber nada del mundo y solo se interesa por memorizar el perfume de la mujer que sabe va a perder, por contar los lunares de su espalda o el volumen exacto de sus nalgas presionando la entrepierna. Natalia es así, tan jodidamente maravillosa que logró transformarme en un ser romántico y probablemente deprimido a futuro, otra víctima del mal de amores, de esos que se alteran fácil con la letra de una canción, de los que lloran, miserables, después de hacerse una paja en el baño con las memorias de su ex vivas en la cabeza, desbaratándole el cerebro, el alma y la tranquilidad aparente.

—Joan, tengo que irme—murmuró Natalia con la voz ronca después de un rato, moviéndose con dificultad para levantarse de la cama—, ya se hace tarde y no quiero que él empiece a preocuparse por mí.

—¿Dónde le dijiste que ibas a estar?—pregunté sintiéndome sucio, usado, como seguro la hice sentir todas las veces que la dejaba sola con una excusa después del sexo.

—Aquí, contigo—contestó, tranquila, mientras yo empecé a sudar frío—, pero él no tiene ni idea de lo que en realidad fuimos, Joan. Le dije que eres mi primo y vine a visitar a mi tía para planificar el babyshower.

—Tú nunca has sido buena diciendo mentiras, Natalia.

—Contigo no, tú me conoces demasiado bien—sonrió Natalia, mirándome con algo muy parecido a la ternura brillando en sus ojos—. El problema del alemán es que está enamorado y el amor a veces pone a la gente pendeja. Tú me lo enseñaste; el que más se enamora es el que más pierde.

—Sí—susurré mirándome las manos, derrotado. La Natalia de antes ya no existía. Ella es esta de hoy, la que sabe decir mentiras, la que ya no me abraza en la cama, esa que me da la espalda después del

encuentro de nuestros cuerpos, la que se va después
de satisfacer su necesidad carnal, esa que va a tener
un hijo con otro hombre y yo ya no tengo derecho
a los celos ni a sentir nada de lo que estoy sintiendo
ahora mismo, pero sencillamente no pude controlar
los temblores de mi cuerpo ni el miedo a no tenerla
en mi puño, porque sigo siendo egoísta y en un
intento desesperado de que volviera a sonreírme
como antes le dije:

—Natalia, tú eras lo único real que me quedaba al
final del día, tú siempre has sido más que las otras.

Ahí estaba, al fin lo había dicho en voz alta, me
había quitado la máscara, porque la bendita realidad era que ya estaba empezando a cansarme de
la rutina asquerosa que se había vuelto mi vida:
raparme cualquier tipa sin saber siquiera su nombre
ni su historia, mucho menos qué diablos quería a
futuro, si se había enamorado o no, si tal vez algún
hijoeputa le había roto el corazón como yo a Natalia y por eso ya no le importaba mucho darle su
cuerpo a cualquiera con tal de olvidarse un rato de
su pasado, no sabía nada acerca de su inteligencia
o logros académicos, lo único que veía frente a mí

era una mujer bella con el culo perfecto para pasar el rato, para reírnos de mentira y pretender que no queremos a alguien más en nuestra cama, en casa, aparentando que somos los muchachos cool de esta generación con un porro de mariguana en la mano, drogados, mirando a la nada, al techo blanco descascarado de cualquier motel, que disque somos libres, hombres y mujeres independientes que hacemos lo que queremos, pero no con quien realmente queremos.

Natalia me miró cansada, con sus ojos miel brillando más de lo normal por los últimos rayos de la luz del sol pegados a su cara, amarrándose el vestido y nunca me había parecido tan hermosa hasta hoy, su depresión nunca se había manifestado tanto en sus gestos como ahora, cuando se abrazaba a sí misma mirando por la ventana como una niña asustada.

—Pero lo perdiste... Por mamagüebo—murmuró con la voz quebrada—, me perdiste porque elegiste la calle, los cueros y el romo, por tu maldito machismo... Al final lo lograste solito Joan, supiste quitarme la vida sin matarme y lo peor de todo es que yo si te amaba de verdad, hace tiempo ya, pero te amé, si te sirve de algo saber esa vaina.

Natalia se secó las lágrimas que yo no me merecía, con rabia, y me dio la espalda otra vez, estaba lista para irse para siempre de mi vida. Ya era demasiado tarde para volver a ser nosotros, tarde para decirle que la quería junto a mí todos los días del resto de mi vida. La había jodido demasiado cuando le hice creer que no me importaba su boda con el alemán. Sabrá Dios si se casó mirando la entrada de la iglesia, esperando verme ahí y yo nunca llegué.

—Ya lo sé Natalia, mami tenía razón.

—¿Con qué?—quiso saber antes de abrir la puerta.

—De que iba a ser tarde para el arrepentimiento—contesté, aguantándome las ganas de llorar como un macho de hombre. Ella asintió una sola vez y yo me quedé desde mi lado del mundo viéndola irse sin mirar atrás, tranquila como la brisa que va arrastrando polvo y hojas secas por el pasillo. Ya no podía hacer nada.

—Felicidades fuckboy, otra tipa demasiado buena a la que le jodiste la vida.

Así la había vuelto yo con mis propias manos...
Inalcanzable por mis malditas decisiones. Los dos
nos condenamos a morir siendo felices a medias,
conformistas, como la mayoría de la gente. Natalia
jugando a la casita feliz, como una esposa ejemplar
y yo pensando en ella a pesar de tener a mi lado a la
tipa por la que cualquier otro mataría, planeando
el momento, una ocasión de otro año, una excusa
para volver a vernos y si es posible, pretender que
no nos odiamos, que nos queremos, que el mundo
es nuestro y que somos tan felices, infinitamente
felices.

Juan de Dios

Hay gente que le tiene miedo a la oscuridad, a las alturas, a las arañas que se esconden en el armario, a las culebras que se enredan en las matas de nísperos o a un saltacocote en la esquina de la sala, gente que le tiene miedo al agua, a los perros que corren en la calle… y estoy yo... Que le tengo miedo al diablo, que me visita cada vez que quiere, a la hora que mejor le conviene.

La primera vez que vino a verme, yo tenía ocho años y estaba solo en mi casa, sin luz, oyendo el canto de los grillos y de los macos en la cañada. Mami se había ido a buscarse unos pesos a la avenida Colón, sin saber que el diablo venía a buscarme, a acostarse en mi cama sin decir nada, a ponerme las manos en la cabeza y en las piernas, a aruñarme los muslos y apretarme los testículos con sus garras ásperas, a mirarme con sus ojos de buey y babear sobre mi frente, excitado por mi terror. Más de una vez me hice pipí encima al verlo llegar y se reía de mí con su boca asquerosa, hedionda a ron y tabaco. Me obligaba a abrir las piernas y me chupaba desde la punta de los dedos del pie hasta las tetillas, me besaba en la frente y decía:

—Si le dices a tu mamá, te voy a cortar la cabeza.

Algunas veces era amable y me traía helado. Se sentaba a mi lado en la cama y me quitaba la camiseta y los pantalones, me decía que aunque me doliera me quedara en silencio o me iba a arrancar la lengua de una mordida, entonces me arrebataba el helado de las manos y lo dejaba chorrear en mi barriga, en el ombligo y en los muslos, después me dejaba chupones rojos y morados donde nadie los podía ver, hasta que un día se cansó de solo ponerme la mano o la boca y me atravesó el cuerpo con su espada gigante. Me puso los dedos en el trasero, me lamió las nalgas y yo lloré y sentí que me rompía... Que me moría y que Dios se olvidó de mí y los vecinos eran sordos y el mundo no se detuvo y mi ángel de la guarda nunca llegó a salvarme y el diablo se burló de mí... Y yo dejé de sentir, nunca volví a llorar porque me dijo:

—Tú eres varón y los hombres no lloran.

Y yo le creí, lo dejé hacer conmigo lo que le diera su maldita gana, porque mami no estaba y él tenía el poder sobre mí.

Me volví un extraño, dejé de jugar a las escondidas, ya no tiraba la pelota con fuerza, tampoco corría contento a comprar dulces al colmado y nunca más volví a dejar que mami me bañara, aunque me hicieran falta el agua tibia y sus manos suaves lavándome la cabeza. No había jabón de cuaba que me quitara el sucio de encima. La curtiembre del alma no se quita con agua, así que dejé de ser un niño a los ocho años porque una vez oí a un viejo del barrio decir que la inocencia de un niño termina cuando sus actos dejan de ser los propios de un niño y yo ya había comenzado a pensar en formas de matar al diablo.

Crecí en silencio, con pocas alegrías genuinas en mi corta vida. Celebré mis doce años con un pedazo de bizcocho de coco duro y un vaso de refresco de uva viendo al diablo bajo la mata de mango de su patio con los brazos cruzados, esperando el momento que todos se fueran y yo volviera a quedarme solo para así él poder cantarme cumpleaños feliz al oído.

La música se apagó, las vejigas se explotaron, las hormigas se llevaban sus migas de bizcocho y yo destapé los dos únicos regalos encima de la mesa: una pelota de básquetbol que no iba a usar y un par de tenis color azul desteñido.

—El mejor regalo que puedo pedir para ti Juan de Dios—me dijo mami desde su silla al otro lado de la mesa—, es que el Señor te siga cuidando y que crezcas como un muchacho de bien.

—Sí, mami—murmuré llevándome mis regalos al cuarto—, pero lo único que yo deseo es que Dios nos hubiera escuchado.

Cerré la puerta carcomida y me tiré en el piso frío, mirando al techo por el que se filtraban rayitos de luz que reflejaban el baile del polvo en el aire, intentando sentir algo que no fuera cansancio, tristeza o rabia. Cerraba mis ojos buscando encontrar el lugar feliz del que hablan en los cuentos y en las películas, pero no veía nada... Solo negro con puntos morados, dorados y verdes... Yo solo quiero ser normal y poder reírme con ganas. Quiero que desaparezca la vergüenza que siento cada vez que me miro desnudo frente al espejo, quiero explorar mi cuerpo sin asco, sin pensar en el diablo y las cosas que me hacen sus manos, quiero ser un hombre y poder enamorarme a futuro, cuando tenga la edad suficiente para eso. Y también quiero dejar de creer en él, en lo que dice; de que yo sería algo hermoso si fuera mujer, que tal vez debería dejarme crecer el cabello y usar vestidos... Dejar de creer que me lo merezco, que esto es un castigo porque alguna vez me porté mal y que mi nombre no es una burla irónica, ni es que Dios se haya olvidado de mí, quizá es que no he rezado suficiente para espantar al demonio o tal vez es que mi voz no es tan fuerte como para ser escuchada en el cielo... De verdad no quiero ser malo, pero ya no quiero jugar con el diablo y por eso la última vez que vino, después que mami se fue y yo lo dejé tocarme como él quería, lo maté, mientras dormía tranquilo, satisfecho de su maldad, con su cabeza fea adornada con cuernos de carnero, recostada en mi almohada, lo maté... Porque yo soy un hombre y no lloré cuando le rajé el cuello con el cuchillo de cortar el pan y me reí cuando me cayó su sangre caliente en la cara, al fin volví a sentir, y le deformé la cara con aruñazos y trompadas; ya no me dio miedo bajarle los pantalones y cortarle el pene flácido con la tijera de la cocina para tirárselo a los perros por la ventana... Y corrí sin mirar atrás con las manos y las ropas ensangrentadas sin que importara el dolor horrible que sentía en medio de las nalgas, en busca del paraíso perdido, de mi Monte Sinaí escondido en la Loma Isabel, para confesarle a Dios que maté al diablo, que yo lo hice, que maté a mi primo, al sobrino de mi mamá, porque me tocaba en la oscuridad.

Seguí corriendo con la brisa quemándome los pulmones, sin que me frenaran los gritos de la gente porque yo solo quería ser libre o loco y por eso les dije con un grito desesperado cuando intentaron agarrarme:

—¡Déjenme tranquilo! ¡Suéltenme! Al fin maté al diablo en mi cuarto y ustedes ninguno me ayudaron. ¡Déjenme tranquilo, que no estoy llorando!

VIENTO DE AGUA

El jodío tiene la mala costumbre de creer que el rico no sufre, que no llora, que en esas casas con patios bonitos no hay líos, que la vida de esa gente es un relajo, una botella de champán tras otra, comprarse un carro nuevo todos los años, no repetir ropa para las festividades, irse de viaje pa' Casa de Campo o para Miami los fines de semana, discutir si la cartera de fulana es real o una imitación de Louis Vuitton, celebrar las bodas de sus hijas lindas con un bizcocho que da para repartirle al pueblo entero y el merengue de Rubby Pérez o la Bachata Rosa de Juan Luis Guerra como música de fondo, que las amantes de los maridos son las loquitas de los barrios, permitidas porque las mujeres de apellido y de casa seria no maman, ni conocen otra posición que no sea la básica del marido arriba y ella abajo. El matrimonio entre esa gente es hasta la muerte porque no se pueden dar el lujo de dividir la fortuna y hacer escándalo en los tribunales. Así piensa el jodío que el rico vive, porque eso es lo que vende la ropa fina que usan, el perfume de marca italiana impide que salga la peste a mierda que en realidad cargan encima, en el alma. El maquillaje y la barba tapan la tristeza, la amargura de vivir en tácita armonía con un extraño por conveniencia... y todo esto no es más que un poco de mentira con algo de verdad, la realidad es que los que tienen bacinilla de oro a veces orinan sangre.

Eduardo José y Alba Iris son de esos, de los que se miran y ya no se soportan, de los que se quieren volar la cabeza y se aguantan la rabia durmiendo juntos bajo sábanas de seda, que sonríen tomados de la mano en las fotos familiares y si pudieran a los ojos de todos se cortarían las venas. Tienen una hija hermosa, blanca, rubia, pelo bueno y bilingüe, también mentirosa y oportunista. Eduardo José es de los que tienen esqueletos en el closet y mucho trabajo. Alba Iris tiene una tendencia insana a beberse hasta tres y cuatro botellas de vino al día, es fumadora desde los dieciséis años, un poema viviente de curvas exuberantes, casi siempre lleva las uñas pintadas de rojo y el pelo platinado y corto como Marilyn Monroe, tiene un carácter del diablo, las cosas se hacen cómo y cuándo ella diga, la que tiene los pantalones planchados en la casa es ella, la reina de su mundo de miseria, se entretiene mandando a decorar el interior y el exterior de la casa con vainas tan exóticas que ya la vivienda parece un museo con jardín botánico... pero la tristeza, la bendita tristeza no se exilia de las ventanas del alma; de sus ojos. Todo el que la mira fijo por más de diez segundos se da cuenta que bajo esa fachada de mujer perfecta hay una mujer que sufre, que guarda secretos y que no le gusta que la jodan mucho con preguntas sobre su vida privada. Sus demonios son solo de ella, para la soledad de la tarde, le sonríe a las sirvientas, juega con los perros, se despide del guachimán todos los días temprano por la mañana y recibe al otro de turno mandándole una taza de café con galleticas de mantecado. Trata de ser buena gente dentro de lo que cabe, intenta con mucha fuerza ser buena católica-cristiana yendo a misa los domingos, reza por toda la familia, en especial por su marido y su hija porque muchas veces maldice con el pensamiento. Esos dos no le han hecho la vida fácil. Indira llegó de sorpresa, sin estarla esperando, a ella le habían dicho que nunca iba a poder tener hijos por culpa de una inflamación pélvica en sus días de adolescencia y como a Dios nadie lo manda, Él decidió que ella iba a ser mamá a los veintiún años con un milagro indeseado y Alba Iris sintió miedo, rabia y al final fue que descubrió el amor de madre, cuando la sintió moverse por primera vez en su barriga distendida, cada vez que Eduardo José le hablaba a la panza y la besaba se convencía un poco más de que no abortar fue la decisión correcta. Pero en estos últimos días la gran dama y su familia atraviesan una mala racha más intensa de la cuenta, una guerra contra el fukú ancestral heredado por parte de su abuelo oriundo de Bonao. Alba iris estaba sufriendo de los nervios y de pesadillas casi todas las noches, hacía mucho que no hacía el amor con Eduardo José, ya empezaba a creerse la posibilidad de una infidelidad doble, su marido seguro se estaba tirando a la secretaria y ella hacía días que le había dado por broncearse a la orilla de la piscina, en colalé, alante de Marino, un moreno fuertísimo que cumplía como jardinero y bañaperros, pero cada vez que ella intentaba meterle conversación su conciencia la hacía morderse la lengua. ¿De qué diablos iba a hablar con un muchacho de apenas veinte años que nunca fue a la escuela? ¿De lo bonito que le parecía cada vez que se quitaba la camiseta y se secaba el sudor de la frente? ¿O cuando se agachaba para chapear la maleza y se le marcaban todos los músculos de la espalda en esa piel negra, brillante por la inclemencia del sol? Honestamente ella quería salir corriendo a lamerle las cicatrices de la espalda, la falta de cariño por parte del marido la tenía echando la baba y mojando los pantis por el muchachito, si fuera una sinvergüenza hace rato que le hubiera brincado encima, pero ella tenía una cosa que la gente rica se toma demasiado en serio: pudor pa' guardar las apariencias. No se podía dar el gusto de aflojar chismes al viento como si fueran chichiguas o tórtolas.

—Doña Alba—la llamó Marino sacándola de sus pensamientos con esa vocecita ronca que la pone débil de las rodillas—, usté debería como que ir entrando pa' la casa. Ta' por llover, mire que la nublazón está saliendo del mar, esa cae seguro, ya la loma ta' negrecita. Entre antes de que esa brisa fría la apriete.

Alba Iris se quedó mirándolo como embelesada, grabándose en la memoria a largo plazo la sonrisa amable de Marino, los hoyuelos que se le hacen en las mejillas y como brillaba más su único ojo gris azulado entre la poca luz que atravesaba las nubes negras.

—Marino, ¿tú sabías ya que tu condición se llama heterocromía? —murmuró la mujer como si hablara para sí misma, dejando el periódico que simulaba leer sobre una mesita de cristal.

—¿Cuál condición, mi doña? —preguntó el muchacho, inocente, ladeando la cabeza como un pajarito curioso.

—La de tus ojos, Marino, tienes un color distinto en cada uno.

—Ah, no, nunca había escuchao' esa palabra. En mi campo, un chino le dijo a mami cuando yo estaba chiquito que eso es porque disque en mi alma hay mucha agua y tormenta, pero que de chepa el marrón del ojo derecho es tierra y eso crea un balance.

—La historia de tus ojos es más bonita que una simple explicación médica, Marino—suspiró Alba Iris, conmovida de repente por las palabras del muchacho que ella estaba pensando en cogerse como una depravada. Se sintió culpable y le dio la espalda, manteniendo a raya unas lágrimas que estaban locas por salir de su dominio.

—La mona, aunque se vista de seda, mona se queda, coño—le susurró su cerebro mientras ella entraba a la casa con un puño apretado sobre el pecho, donde la esperaban su hija y su mejor amiga comiendo fresas con crema, como dos princesas.

—Es verdad que una la cría y el diablo las junta—saludó Alba Iris con poca emoción en la voz.

—Tú siempre de lúgubre, mami.

—¿Tú no tenías clases de modelaje hoy? ¿Qué tú buscas aquí?

—Mejor bótame—exclamó Indira, indignada.

—Alba, dale un chance—intervino Leticia, poniéndose de pie para saludarla con un beso en la mejilla—, si no quiere ir que no vaya y ya.

—Ella aspira a Miss República Dominicana

Universo, sentada aquí no creo que llegue ni a la M de Miss.

—Yo no sé cómo es que papi la soporta, de verdad que no—farfulló Indira, yéndose con las mejillas rojas del pique sin despedirse de nadie, estrallando la puerta, haciendo alarde de su buena educación.

—Mujer, pero ¿qué es lo que está pasando en esta casa? Se siente una pesadez en el aire.

—No sé, yo creo que mi matrimonio se está yendo a la mierda o yo me estoy volviendo loca. Ya he empezado a tomar en consideración lo que me dijo una de las cocineras, tal vez debería llamar al brujo ese que ella conoce para hacer una limpia.

—¿Y de cuando acá tú crees en brujería? —preguntó Leticia con una carcajada.

—No te hagas la idiota, Leticia, casi todo el mundo cree en esa vaina sin distinción de clase o explícame, ¿por qué cuando tus hijos nacieron les pusiste un azabache? ¿Porque es tradición? No, pendeja, tú sabes bien que es para que no caiga el mal de ojo.

—¿Y de verdad será bueno el brujo ese?— inquirió Leticia haciéndose la loca ante los ojos escrutadores de Alba Iris—. Tú sabes, pa' hacerle un amarre a Claudio.

—Yo no lo puedo creer—dijo Alba Iris, levantando los brazos al techo—. Hablándome mierda a mí de que si creo o no y ya le quieres hacer un trabajo a tu marido.

—Las buenas oportunidades no se desperdician mi amor.

—Eduardo José piensa igual que tú. Tiene varios días llegando con un olor a perfume de mujer en la camisa. Todavía no le he dicho nada al respecto, porque no estoy en edad para suposiciones.

—¿Y qué pretendes hacer? ¿Contratar un detective privado?

—No—negó Alba Iris—, aunque sí estuve pensando en eso, pero mejor me voy a ahorrar el martirio y le voy a preguntar directamente. ¿Qué es lo peor que puede pasar? ¿Que de verdad me esté pegando cuernos y yo tenga que aguantárselos? Ja, no voy a desperdiciar lo poco que me queda de juventud jugando a querernos, podemos llegar a un acuerdo como gente civilizada y dejar que cada quien haga lo suyo sin resentimientos.

—Tú sigues siendo la misma bohemia de los noventa.

—Sí, la misma, con la única diferencia de que hoy viste y calza cosas de marca.

Pasaron la tarde lluviosa entre risas y copas de vino hasta que se hizo noche. Leticia se marchó a su casa con la ilusión de encontrar un marido más enamorado y a Iris le tocó recibir un esposo cansado de trabajo, del mundo o quizá de la misma vida. Hacía meses que venía comportándose extraño, esquivo, menos apasionado e inclusive nervioso. Tenía un asomo de culpabilidad en la espalda encorvada y la sonrisa forzada.

—Si tú no me dices ahora mismo lo que te está pasando vas a terminar volviéndote loco—le dijo Iris a Eduardo José mientras el hombre se aflojaba el nudo de su corbata—. Y si yo no te digo lo que estoy pensando un día de estos me voy a despertar y tú vas a ser mi enemigo.

—Iris, estoy cansado, he tenido mucho trabajo y no estoy por hablar mucho. Déjame cenar tranquilo y esto lo resolvemos en el cuarto.

—Cualquiera que te oye hablando cree que me

vas a hacer el amor con suficiente pasión para hacerme olvidar la rabia—se rio Iris de su propia crueldad—. Tú no tienes fuerzas ni para mantenerte en pie ahora mismo. Yo estoy casi segura de que me estás engañando con la secretarita nueva esa que contrataste. Yo he visto cómo te mira la furufa esa.

—Iris, amárrate la imaginación al puerto de la realidad. Yo ya estoy demasiado viejo para amores con muchachitas.

—Por mi madre, Eduardo José que si te creo y es mentira tú vas a saber lo que es el infierno en la tierra—le advirtió la mujer, apuntándolo con un dedo acusatorio.

—Yo también te amo—murmuró el hombre, sonriéndole antes de llevarse la copa de coñac a la boca—. Ahora ve y descansa.

Iris se levantó de la mesa y se quedó mirando a su marido con deseos de escupirle a la cara todos sus malos pensamientos solo por joder, para devolverle un poco de daño, pero los ojos tristes de Eduardo la hicieron tragarse sus intenciones.

—Perdóname la imprudencia—le murmuró Iris antes de irse—, pero es que tú tienes el don de hacerme perder la cabeza con facilidad. Estamos viviendo en la misma casa, dormimos en la misma cama y aun así te extraño.

Al otro día, recibió la mañana con desayuno a la cama y media habitación llena de arreglos florales por órdenes de Eduardo José. Y como Iris es de corazón tierno volvió a sentirse como esa muchacha de quince años eclipsada por la belleza de Eduardo, un hombre cargado de romanticismo y caballerosidad, de sensibilidad a pesar de que últimamente estuvieran teniendo problemas sexuales y la verdad inmutable era que ya Eduardo José le había escalado tanto en el alma que trascendía a lo físico. Estaba dispuesta a empezar de cero, a ir a terapia de pareja de ser necesario. Pero el problema es que el destino juega sucio y conspira para que dos personas se encuentren en el lugar correcto en el momento equivocado.

Alba Iris se había puesto su mejor vestido y el perfume favorito de su marido para sorprenderle en su oficina cuando le dijeron que él había vuelto a la casa en busca de unos papeles importantes para una junta. Se habían cruzado en las calles sin darse cuenta y sin perder más el tiempo ella decidió regresarse sin tener la mínima sospecha del maldito espectáculo que le esperaba: encontró a su querido esposo un viernes a mediodía con la boca pintada de rojo sangre, ataviado con uno de sus vestidos blancos de seda y oliendo a Chanel número cinco.

—Explícame esta maldita vaina, Eduardo—le pidió Alba Iris con la voz quebrada, sin obtener respuesta. El hombre solo la miraba derrotado desde su metro ochenta de estatura en medio de las tantas rosas regadas en el cuarto, una imagen patética y majestuosa al mismo tiempo—. ¿Qué tú estás haciendo así? ¡Háblame carajo! ¿Qué es esto? ¿Qué te pasa?

—No lo sé—susurró Eduardo como única respuesta y se echó a llorar en el piso.

Alba Iris sintió que se iba a volver loca en cuestión de segundos. Su marido no la estaba engañando más que consigo mismo. El matrimonio entre ellos no había sido más que un intento de hombría para que su familia no lo dejara en la calle. Ahora muchas cosas empezaban a cobrar sentido; ya entendía por qué le permitieron casarse con una de barrio como ella y la alegría casi anormal de sus suegros el día que supieron que serían abuelos, ya entendía por qué su marido tardaba más de lo normal en alcanzar el clímax y lloraba como un pelele cada vez que veían películas románticas los domingos por la noche. Él era un medio hombre.

—No vuelvas a ponerme un dedo encima—le murmuró Iris, yéndose de la habitación sin saber concretamente a donde iba, buscando un lugar de escape para no caerle a golpes al hombre que lloraba vestido de mujer en la habitación matrimonial. Este era el final para ellos. Si la gente llegaba a enterarse de ese desastre serían la burla del pueblo. ¿Con qué clase de depravado se había casado? ¿Y si el hombre que tanto amaba en algún momento había deseado ser penetrado? Eso solo sabrían él, Dios y el diablo.

Separaron sus cuerpos y sus almas. Albas Iris no era capaz de mirarlo a los ojos. Eduardo intentaba ganarse su perdón de rodillas, con lágrimas, pero no era suficiente. El sentimiento de ambos se había transformado. Eduardo estaba llevando a Iris a la histeria con su insistencia de un desliz, que había sido solo curiosidad momentánea, pero Alba Iris sabía que a la naturaleza no se engaña.

—Te dije que se acabó coño, nos juntamos con el abogado y dejamos esta vaina, por tu bien y por el mío, Eduardo José, déjame tranquila... Antes de que te coja el odio que todavía no siento.

—Alba yo conozco tu corazón, sé que no serías capaz de odiar a quien se ha pasado dos décadas contigo.

—Yo a ti no te conozco ya, nunca supe quién diablos eras tú hasta ese día. Así que, ¿por qué mejor no me cuentas tú qué o quién eres? ¿Travesti, transgénero o maricón? Porque me perdí, se me jodió la vida cuando te encontré con mi vestido de seda, la boca pintada y oliendo a mujer.

—No me mires así Alba, por favor, no me mires como si quisieras matarme.

—Eduardo, deja tú de mirarme así. Te agradecería infinitamente si salieras por esa puerta y me dejaras llorar tranquila. Estas lágrimas no son para ti, así que no me da la gana de que las veas, son mías, por mí, para mí. Yo no quiero tu pena.

—No es pena Iris, yo todavía te sigo queriendo.

—Sí, si me quieres mejor ve haciendo la cita con un psicólogo porque hay dos enfermos en esta casa, la primera es tu hija que ahora le ha dado pa' meterse los dedos hasta el fondo de la garganta y vomitar todo lo que se come y el segundo eres tú para que aproveches y te pongas a lidiar con tus problemas emocionales y sexuales antes de que la depresión te mastique el alma y te la devuelva echa una mierda, mientras tanto yo resuelvo sola el problema de saber si todavía te quiero.

Ante esas palabras, Eduardo José pareció darse por vencido y se retiró en silencio con la ansiedad pisándole los talones.

—Tú papá de verdad que fue un hijo de perra conmigo—le dijo Alba Iris a su hija días después mientras desayunaban juntas—. Si me hubiera dicho desde el principio lo que era, quizá hubiéramos sido las locas de la Zona Colonial con los mejores tacones y vestidos de esta ciudad. A esta altura de juego seríamos leyendas vivientes y no me mal entiendas... Tu papá no es mal hombre, lo único malo es que es encantador y hablador, la perdición de cualquier mujer.

—Tú todavía lo quieres mami. Sé honesta, llevan veinte años juntos ¿cómo nunca te diste cuenta?

—Yo estaba enamorada, Indira. Una nunca ve los defectos bajo los efectos del amor. Yo confundí su delicadeza con caballerosidad, fui una estúpida.

—A veces es mejor hacerse la loca, ser una mujer tonta y feliz que una sabia y amargada.

—A mí no me criaron para eso—le contestó Iris dejando caer sobre uno de los platos vacíos la ceniza de su cigarrillo mentolado—, pero si tú eres de las que aplica esa frase en su día a día no voy a mover un solo dedo para cambiarlo. Tú vives como quieres, yo sufro a mi manera y todos contentos. A la moral hace rato que le salieron patas y saltó por la ventana en esta casa.

—Entonces, ¿qué crees si me hago un aumento de glúteos? —preguntó Indira cambiando bruscamente de tema, emocionada como niña en una juguetería sin importarle demasiado el desastre familiar.

—¿De dónde vas a sacar tú dinero para eso? Ni tu papá ni yo te lo vamos a dar, te lo digo desde ahora, ya es suficiente con pagarte carro y apartamento.

—No te preocupes mami, que ese arreglito me lo

paga mi novio, es arquitecto. Si quiere mujer bonita tiene que invertir en la obra.

—¡Ja! —estalló Iris en una sola carcajada irónica—. No me sorprende que hayas crecido para chapear, imagínate, si desde que naciste has llevado el título de princesa. Haz con tu cuerpo lo que te venga en gana, cada quien tiene sus vicios y si el tuyo es la silicona al menos no es tan malo como el crack.

—Claro mami, tú sabes que la felicidad de una gente nunca es la misma que la de otra.

—Si es así entonces empieza a rezar para que tu felicidad o tus complejos no sean lo que te lleve a la tumba—le advirtió su madre a la muchacha, dándole a entender que tenía conocimiento de su mala costumbre con la comida. Indira con sus aspiraciones a mujer perfecta se había vuelto bulímica—. Recuerda que yo también tuve tu edad e hice las mismas cosas que tú, hija mía.

Cuando volvió a la casa siendo tarde en la noche, encontró a Eduardo mirando por una de las ventanas como un alma en pena y se le rompió el corazón. Se veía demasiado solitario y sus sentimientos se ablandaron. Ya era suficiente crueldad, era hora de tirar la toalla y ofrecerle una tregua a quien llegó a ser el único amor de su vida.

—Hay gente que está viva por miedo a morirse y yo tengo la sospecha de que tú eres de esa gente, Eduardo.

Sorprendido por la voz de su mujer, se estremeció al escucharla y preguntó en voz baja:

—¿Por qué dices eso, Alba?

—Eduardo—suspiró la mujer, dejando caer los hombros—porque todavía tú vives bajo la sombra del hombre que no eres, porque yo sé que todavía no has sido radicalmente feliz como lo fui yo a tu lado, porque te falta ser tu verdad.

—Alba, no es fácil ganarle la batalla al miedo—le respondió su marido cerrando los ojos, agotado.

—Entonces si crees que es imposible, ¿por qué no te haces el favor y te suicidas? Si tú no tienes valor pa' aguantar a los vivos, lo único que te queda es el consuelo de los muertos, ahí nadie te miraría raro ni andarías en boca de perro—le espetó Iris, frustrada porque Eduardo no se daba cuenta que ella le estaba ofreciendo su corazón para que se lo hiciera pedazos—. ¡Por Dios, coño! Mira bien por esa ventana, abre la puerta y sal a vivir. Olvídate de eso que te dije el otro día. No voy a dejarte solo en esto, te prometí ante los ojos de Dios que estaríamos juntos hasta que la muerte nos separe. Me hiciste amarte lo suficiente como para no odiarte, aunque tenga que perder al hombre que conocí hace veinte años.

—Alba, si te dijeran que mañana vas a despertar y tendrás que dejar todo lo que eres atrás para reconstruirte desde cero, ¿lo harías?

Alba no sabía qué decir y solo se limitó a ofrecerle sus brazos abiertos a Eduardo que temblaba como un niño asustado, dejando reposar la cabeza sobre su hombro.

—Mi amor, mi amor eterno—le susurró Alba Iris con la vista empañada de lágrimas, besándole los cabellos—. No te voy a cortar las alas. No te voy a obligar a vivir más mentiras.

—Creo que a mí, ni madre me ha mirado así como lo haces tú.

—Porque yo no soy tu mamá, Eduardo—le dijo Alba Iris, lista para despedirse de todo lo que habían sido—Yo fui tu mujer y ahora me toca ser tu mejor amiga, maldita perra.

LA VERDAD

—Nos jodimos—suspiró mi viejo después de terminarse el último sorbo de su café, sentado debajo de la mata e' mango del patio.

—¿Por qué usted dice eso, papá?

—Porque e' la verdad. Deja los juegos, muchacho, y ponte a oír las noticias, esas no mienten.

—¿Anjá? ¿Y qué es lo que está pasando?

—Na'mijo—volvió a suspirar, rascándose la barba—, que el mundo se ta'acabando; el lobo siempre se va a comer la oveja y el bien no siempre gana como enseñan en las películas. Y que La Palabra no se ha equivocado hasta ahora, que no habrá padres para hijos, ni hijos para padres, que a la gente se le olvidó lo que significa el amor de verdá. Que estoy triste porque ya se perdió el respeto por la vida humana, que cualquiera ahora vale cinco o diez mil pesitos na'ma' y que tal vez yo no llegue al año que viene, pero voy a orar por ti todas las noches antes de dormirme pa' que no caigas en vicio y si un día te cruza por el caco ponerle la mano encima a una mujer, yo mismo te mato y me entrego tranquilo... Eso es lo que pasa.

Nueva edición
del superventas

"Desafiante, irreverente y magistral. Un cantar de gesta a la vez épico y satírico donde los derrotados, en un Caribe siempre intervenido, son los únicos héroes."

Luis Negrón

ZEMI
BOOK

PEDRO CABIYA
Reinbou

NUEVA
EDICIÓN
LA NOVELA
QUE INSPIRÓ
LA PELÍCULA
PROTAGONIZADA POR
NASHLA
BOGAERT

La novela que inspiró la película protagonizada por Nashla Bogaert

La febril y fecunda imaginación de un niño en el Santo Domingo de los años setenta posee la poderosa virtud de transformar su entorno de manera vertiginosa. Las pequeñas revoluciones que desata en el barrio donde vive van deshilvanando intrigas de la Guerra Civil de 1965 —ocurrida apenas diez años atrás— y sus derivas en la sociedad dominicana del tercer milenio. Armado del singular estilo que lo caracteriza entre los narradores del continente, Pedro Cabiya nos sorprende con un verdadero festival de personajes memorables, al tiempo que anuda una trama tan espectacular como conmovedora, apropiándose de la memoria histórica con la gracia e ironía de los grandes maestros.

Del creador de
La Gunguna

En el cruce del kilómetro 29, un conductor se agacha a buscar el estuche de CDs que se le ha caído, y salta la aguja en
el disco de su vida. Un fetichista apenas puede controlar
sus urgencias en una reunión de trabajo. Un hijo y su padre
muerto se combinan para quebrar una banca de apuestas.
Un surfer entrado en años rememora sus días de juventud
mientras escucha a Pink Floyd y conversa, ¿con quién exacta-
mente? Estas son algunas de las historias contenidas en este
maravilloso volumen de Miguel Yarull que incluye "Montás",
el cuento que posteriormente se convierte en el hito del cine
dominicano y caribeño *La Gunguna*. Un libro muy esperado
y que abre el camino literario a uno de los guionistas más
cotizados de la República Dominicana.

Ritual Papaya

Con una voz poética espontánea, altanera, a veces refrescante, otras veces siniestra, Yaissa Jiménez elabora su Ritual Papaya, un compendio lírico en el que cultiva un misticismo afro oriundo de Los Mina, abonado con la afilada cimarronería de "aquel lao".

La noveleta de ciencia ficción más vendida en el Caribe

Atormentado por el remordimiento a raíz de un accidente que ha dejado a su esposa Gloria horriblemente desfigurada, Daniel enfrenta en todo momento la llamada de la carne y su deber como esposo. Entra Ezequiel, su desquiciado hermano, que ha diseñado una máquina que resuelve el dilema mente-cuerpo con horrible sencillez. Un relato de ciencia ficción de rara intensidad y enigmáticas connotaciones bíblicas, y una novela erótica, todo en uno. A intervalos divertida, sexy, inquietante, sugerente y reveladora, este es Cabiya en la cima de sus habilidades narrativas.

ESTRENANDO POESÍA EN LA COLECCIÓN CROWN OCTAVO

"La exactitud-casi clínica, casi científica-es un atributo de esta poesía".

Carmen Dolores Hernández

"Néstor E. Rodríguez escribe poesía con la paciencia de un miniaturista".

Manuel García Cartagena

"Una poesía que apela a la inteligencia del lector..."

Alfredo Fressia

NÉSTOR E. RODRÍGUEZ
Poesía reunida

La contención que caracteriza la escritura de Néstor E. Rodríguez, eso poco que se articula a la luz del asombro, es un rasgo a destacar. Contrasta vivamente con el desmelene expresionista que sigue cotizando al alza en poesía. Hay aquí un equilibrio tan distante de la pretensión absurda de ser novedoso como de las aspiraciones de eternidad que todavía hoy algún iluso cultiva. Néstor E. Rodríguez establece metas propias, pero desconfía del corto plazo.

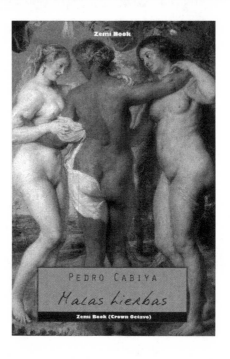

Un zombi caribeño, inteligente, galante, financieramente independiente y alto ejecutivo de una importante compañía farmacéutica, se obsesiona con encontrar la fórmula que revierta su condición y le permita convertirse en una persona de verdad. En el camino, tres de sus colaboradoras más cercanas (Isadore, cerebral y calculadora; Mathilde, ingenua y sentimental, y la pendenciera Patricia), guían al reacio y desconcertado científico a través de las impredecibles intersecciones del amor, la pasión, la empatía y la humanidad.... Pero el juego laberíntico de los celos y la intriga amorosa que un ser vivo encontraría fácil y divertido negociar, representa para nuestro muerto en vida un enredo insuperable de intenciones oscuras y peligrosas ambigüedades.

Vuelve a imprenta
el éxito pulp de los años 70

Rubén, un veterano periodista, está disfrutando de unas mere-
cidas vacaciones cuando su asueto se ve interrumpido por un
racha de avistamientos de OVNIS. A partir de entonces, nuestro
protagonista se ve involucrado en una de las más exageradas
y enloquecidas tramas de la estética pulp. Acompañado de
la misteriosa y seductora Madame Rosafé, el periodista se
enfrenta, inconcebiblemente, a platillos voladores, zombis, bru-
jos, médiums, macabras iniciaciones, mambos, extraterrestres y,
por supuesto, a los escurridizos y silvestres garadiávolos. Kitsch
hasta más no poder, esta novela del enigmático Alfredo García
Garamendi nos provee una estupenda ventana a las neurosis,
cultura popular y malaise colonial de esos años turbulentos.

UNA NOVELA FUNDAMENTAL EN EL UNIVERSO NARRATIVO DE PEDRO CABIYA

En esta cruda novela de suspenso, las vidas de todos los personajes (hasta la de un miserable perro) han sido intervenidas y trastocadas artificialmente mediante una tecnología inescrutable, con el objeto de formar una trama que alterna la comicidad, la tragedia, el romance y la violencia, y cuyo objetivo el lector gradualmente descubre con horror. *Trance* combina magistralmente modernos géneros y tradiciones narrativas tales como la educación sentimental del artista, la mitología narco, la novela negra y la ciencia ficción, valiéndose de un tono irónico y desapegado que súbitamente impacta al lector con dramática gravedad. El resultado es a la vez un retrato hiperrealista de la sociedad puertorriqueña y una exploración mística *à la* Lovecraft.

¡Ya en librerías!

Orishas, santos, luases, demonios y ángeles retozan en un Puerto Rico fantástico que solo la fértil imaginación de Pedro Cabiya pudo haber concebido. Diferentes ministerios de la burocracia administrativa del multiverso compiten por recuperar la valiosa mercancía de un contrabando sideral abandonado en Santurce, capital de la República Borikwá... Pero sustraer ese botín no será tan fácil como creen. Sátira política y parodia cósmica se combinan en un entramado de espionaje y acción donde las grandes preguntas de la existencia comparten espacio con el humor más profano, produciendo una novela que se resiste la clasificación dentro de los géneros conocidos, anunciando uno nuevo. Precuela de su inmensamente popular novela *Trance*, *Tercer mundo* promete, como su antecesora, una lectura imposible de interrumpir.

La Protectora de Santurce
Lucha contra las fuerzas del...
Hambre

Una humilde familia de las afueras del Área Metropolitana se encuentra al borde de la destrucción. Jaime y Celia deben arriesgarlo todo si quieren conservar lo poco que tienen: sus hijos, sus empleos... sus vidas. Pero la solución no es simple. Jaime y su familia son víctimas de las continuas, inusitadas y terribles torturas del Hambre. Para librarse del tormento, Jaime deberá suplicar la ayuda de alguien que conoce de primera mano los innumerables resquicios del dolor. Pero ¿podrá el Ánima Sola vencer a un enemigo tan voraz? ¿Probará ser el Hambre un adversario invencible?

El reboot de María, de Jorge Isaacs

La historia del casto y trágico idilio entre María y su primo Efraín transcurre en las elíseas vegas de la hacienda familiar, en el Valle del Cauca, ante la mirada y cariñosa supervisión de amorosos parientes. Pero la energía que los novios no parecen estar dispuestos a invertir evadiendo a sus chaperones, la deben utilizar para combatir las huestes de los dementes y voraces Indeseables, alados engendros sedientos de sangre que asedian su latifundio, víctimas de una Plaga que amenaza con borrar la civilización humana, la cristiana fe y las buenas costumbres. Con el humor, la imaginación y la destreza de cirujano que distinguen su prosa calculada y certera, Cabiya se apropia del más grande clásico latinoamericano del siglo XIX y lo transforma en la sangrienta carnicería que todos hubiéramos preferido leer en el salón de clases. Ilustrado por Paolat Cruz

LA PIEDRA DE TOQUE DE LA CUENTÍSTICA PUERTORRIQUEÑA MODERNA

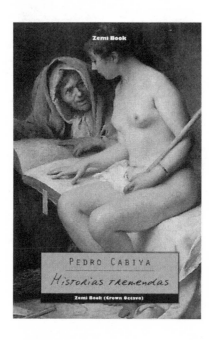

Un hombre enfrenta las graves y misteriosas consecuencias de su inusual paternidad. Una joven campesina toma por amante a un excéntrico lugareño y paga por su osadía. Un grupo de festejantes experimenta el horror ante los abusos y peripecias de un extraño visitante. Acompañamos a un enfermo en su travesía por los paisajes de su delirio febril, sólo para perdernos en el camino y arribar al final que no era. Un hombre emigra de su tierra natal en pos de una carnada en forma de mujer y acaba enfrentándose a un contrincante fantástico. Estas son algunas de las *Historias tremendas* de Pedro Cabiya, el primer libro del entonces jovencísimo escritor y texto fundamental que cambió para siempre las reglas del juego de la literatura caribeña.

LA OTRA PIEDRA DE TOQUE DE LA CUENTÍSTICA PUERTORRIQUEÑA MODERNA

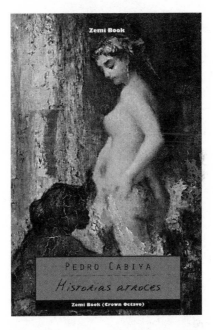

¿Qué impide a la pareja de Fin de un amor imposible persisitir en su amor? ¿El hecho de que ella es una humana y él... no? ¿Acaso existe algo más? ¿A qué ejército pertencen los encapuchados que examinan a las campesinas en "Relato del piloto que dijo adiós con la mano", y qué traman? ¿Podrá la hermosa huérfana irlandesa de "Tres episodios con caballos" vengarse a través de las generaciones? ¿En qué lugar están los personajes de "Último paseo vespertino"? ¿Es la historia humana, repleta de intrigas, la misma de "Akane Yuzan, prima hermana del Shogún"? ¿Y será el de ellos, también, nuestro destino? Estas son las historias que componen *Historias atroces*, hermano espiritual del primer libro de cuentos de Pedro Cabiya, *Historias tremendas*, y obra clave para apreciar completamente el mundo literario de este escritor de culto.

EL PRIMER LIBRO DE UNO DE LOS MÁS PROVOCATIVOS ESCRITORES DOMINICANOS CONTEMPORÁNEOS

Animales antiguos es una colección de cuentos que cultivan la extrañeza del Santo Domingo nocturno, reportes de un frente visible solo para algunos, visitas guiadas que grafican las coordenadas del Viejo Santo Domingo, de los barrios de Santa Bárbara, San Carlos y Ciudad nueva, de la mano de uno de los más acuciosos pensadores y escritores dominicanos.

REGRESA MIGUEL YARULL CON CATORCE CUENTOS Y UN BONUS TRACK

Un ingeniero venido a menos llega al límite de su paciencia; una mujer con un sentido muy diáfano de las castas sociales toma la justicia en sus manos; la noche del día que murió Michael Jackson, el destino reúne en un bar a extraños personificados por sus tragos preferidos; la conoce por Facebook, se enamoran, se casan... pero ronca; un analista crediticio equilibra su profesión de cuello blanco y su pasión por el Metal. Maridos cuerneros, mujeres humilladas, ex-alumnos que albergan viejos rencores contra maestras decrépitas, sádicas CEOs y jugadores empedernidos pueblan las páginas este nuevo volumen de cuentos del galardonado Miguel Yarull, genial y certero cartógrafo de las crisis personales, de los sueños denegados, de las derrotas imprevistas e inimaginadas de una clase media-alta dominicana incapaz de escapar a sus delirios de grandeza.

PRIMER NÚMERO DE NUESTRA COLECCIÓN SÍLEX DE ENSAYO Y CRÍTICA

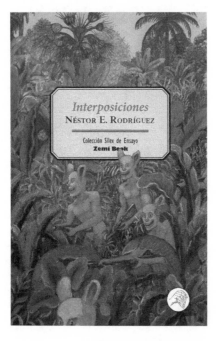

"Pensar literariamente el Caribe hispano en el siglo XXI se ha vuelto un acto de resistencia. Las políticas de nuestros estados vuelven a los viejos resortes del nacionalismo y el racismo, mientras las poéticas de nuestras culturas no quieren rebasar estrategias provincianas de pensar lo propio. Defender la tradición y la vanguardia, a la vez, en el Caribe hispano, supone un desafío renovado. Desafío que asume Néstor E. Rodríguez en Interposiciones. Autor de textos referenciales de la nueva crítica literaria caribeña, Rodríguez sigue fiel a la escuela de la ensayística como pensamiento literario que convoca las regiones de la historia y la política dentro del mismo texto. La obra de Rodríguez es una apuesta por el ensayo en su sentido pleno, en una época que descontinúa y esparce la práctica de la escritura. Estas interposiciones han sido escritas para ser leídas con los ojos abiertos a la mejor ensayística de nuestra lengua". -- Rafael Rojas